Ewald Treber

Der lachende Opel
Schmunzelgeschichten aus einem Arbeitsleben

edition winterwork

Bibliografische Informationen der Deutschen Nationalbibliothek:
Die Deutsche Nationalbibliothek verzeichnet diese Publikation in der Deutschen Nationalbibliografie. Detaillierte bibliografische Daten im Internet über http://www.d-nb.de abrufbar.

Impressum

Ewald Treber, »Der lachende Opel – Schmunzelgeschichten aus einem Arbeitsleben«

www.edition-winterwork.de

Illustrationen: G. Stütz

Satz: edition winterwork

Umschlag: edition winterwork

Druck und Bindung: winterwork Borsdorf

ISBN 978-3-96014-322-2

Der lachende Opel
Schmunzelgeschichten aus einem Arbeitsleben

Ewald Treber

Mit Illustrationen von G. Stütz

edition winterwork

EINLEITUNG

Der Autor dieses Buches "Der lachende Opel" ist seit über vierzig Jahren bei General Motors I Opel beschäftigt. Er hat bei der Planung und Einrichtung von zwölf Werken im In- und Ausland in verantwortlicher Position mitgewirkt.
Viele Reisen, in erster Linie zur Erfüllung der geschäftlichen Aufgaben, hatten zwischenmenschliche Kontakte zur Folge.

Nun diese zwischenmenschlichen Beziehungen und Kontakte ergaben wieder Freundschaften. Im Rahmen dieser Freundschaften kam es dann zu den kleinen Ereignissen, die es nach seiner Meinung Wert waren niederzuschreiben, um auch einmal zu zeigen, daß das Automobilgeschäft nicht nur ein hartes Geschäft ist, sondern auch seine menschliche Seite hat.

Der Illustrator dieses Buches ist ebenfalls seit über vierzig Jahren bei General Motors/Opel beschäftigt.

Durch Ihre Planungstätigkeit lernten sich beide Herren kennen und waren bereits in den sechziger Jahren bei Errichtung des Werkes Strasbourg gemeinsam tätig.

Wer könnte das geschriebene Wort besser darstellen, als ein Mann, der genau wie der Autor ein alter "Opelaner" ist. Der noch heute weiß wo der große Schornstein im Werk Rüsselsheim stand und sogar einen Eintrag in seinen Papieren hat, über "unbefugtes Radfahren im Fahrradständer".
Freunde es darf gelächelt werden.

VORWORT DES VERFASSERS

Die grundsätzliche Idee zu diesem Buch, oder besser zu diesem Büchlein, wurde bereits vor vielen Jahren geboren. Es entstand im Laufe der Zeit eine ungeordnete Sammlung der verschiedensten Ereignisse.

Nach etwa zwanzig Jahren kam der Verfasser zu dem Schluß, daß es endlich an der Zeit sei, diese ungeordnete Sammlung zu ordnen und in eine leicht lesbare und ansprechende Form zu bringen.

Das Ergebnis liegt nun vor und nimmt aber nicht in Anspruch absolut alle Bereiche abzudecken. Ich bin mir darüber im Klaren, daß es gewiß genügend spaßige und lustige Ereignisse gibt, die es wert wären hier niedergeschrieben zu werden. Doch die Beschränkung auf meinen Umkreis, meinen Gesichtskreis war erforderlich um nicht auszuufern.

Dies schließt allerdings nicht aus, sollte dieses Buch, sehr vorsichtig ausgedrückt, ankommen, in Zukunft eine zweite Sammlung zu veröffentlichen.

Denn **„Der Opel lacht noch immer"**, sollten die Zeiten noch so hart sein.

An Wert hat dieses Buch gewonnen, durch die wirklich sehr guten Illustrationen meines Freundes Günter. Hierfür sage ich ihm recht herzlichen Dank.

Dank sage ich auch meinen Freunden, die die große Mühe auf sich nahmen, meinen literarischen Erguß im Manuskript zu lesen, mir Tips und Hinweise gaben zur Verbesserung und mich ermutigten die Veröffentlichung vorzunehmen.

Denn, wer ist schon gegen Selbstzweifel gefeit ?
Es standen immer die Fragen im Raum:

„Macht es Sinn dies zu schreiben ?
Wer wird dies lesen ?"

Froh sollte jeder sein, solche Freunde zu haben, die trotz oder gerade wegen der Freundschaft, den Mut haben, sachlich und positiv zu kritisieren.

Vorgenommen hatte ich mir, niemandem weh zu tun oder Schmerzen zu verursachen. Aus diesem Grund wird in den Geschichten nur mit Vornamen operiert. Allerdings gehe ich davon aus, daß in allen Stories keine Ereignisse geschildert wurden, die nur in etwa an den Rand der Ehrenrührigkeit kommen.

Auch sollte man den Mut haben, einmal über sich selbst zu lachen und sich einmal auf den Arm zu nehmen.

Der Grund für mein vorsichtiges Agieren ist darin zu suchen, daß es heute auf dem Markt eine Menge sogenannter Sachbücher gibt, in denen gnadenlos unter die Gürtellinie geschlagen wird.

Dies in erster Linie, um die Auflagenzahl hochzutreiben und ohne Rücksicht auf die Psyche, das Ansehen und das Ehrgefühl des vermeintlichen Gegners.

Die Geschichten in diesem Buch sind bestimmt nicht geschrieben worden, daß der eine oder andere lauthals anfängt zu lachen und sich auf die Oberschenkel klopft. Ich halte diese Sammlung eher dafür geeignet, zur Nachdenklichkeil anzuregen. Sollte dem geneigten Leser hin und wieder ein Schmunzeln oder ein Lächeln entlockt werden, wäre der Autor schon zufrieden und hätte sein Klassenziel erreicht.

Eigentlich war beabsichtigt auch Stories zu bringen, bei denen das Nachdenkliche überwogen hätte.

Ich habe nach reiflicher Überlegung zum Teil davon Abstand genommen, um den Rahmen dieses Buches nicht zu sprengen. Desgleichen sollte der Titel des Buches „Der lachende Opel" nicht verwässert werden.

Obwohl ich es für eine sehr schöne Aufgabe ansehen würde, über Freunde zu schreiben, die uns längst verlassen haben. Dies zu ihrer Erinnerung und zum Gedenken an wertvolle Menschen.

Ein Schlüsselerlebnis, das mich immer wieder bewegt und mich freudig erregt, -es gehört in die eben erwähnte Kategorie „Nachdenkliches"- möchte ich hier niederschreiben, weil es so wunderschön ist und mir die Tränen in die Augen treibt, wenn ich in die bewußte Gegend komme:

Es war im Frühjahr 1988 als ich mit einer Arbeitsgruppe Ungarn bereiste um Werkshallen zu besichtigen, die für eine Motorfertigung geeignet sein sollten.
An der Grenze zu Österreich, dort wo später unser Motorwerk entstand, war ein großer, doppelter und sehr hoher Stacheldrahtzaun installiert.

Im Abstand von etwa hundert Meter standen in Sichtweite hohe Türme, bestückt mit jeweils zwei Ungarischen Soldaten mit Maschinenpistolen.

Abstoßend, abschreckend anzusehen, es konnte einem sensiblen Menschen Angst und Bange werden.

"Und hier in diesem Land wollten wir investieren ?
"Unvorstellbar !

Jetzt einen Sprung in das Jahr 1993. Dort wo damals die Türme standen und die Stacheldrahtzäune waren, ist heute ein befestigter Weg vor offenem Feld. Kein Soldat mit Maschinenpistole. Keine Angst, nicht abschreckend und nicht abstoßend.

Friedlicher könnte ein Bild nicht sein : Radfahrer, Fußgänger und eine Frau mit Kinderwagen.

Nur ein Wunsch, doch Utopie: Jede Grenze sollte in gleicher Form angelegt werden, mit einer Verbotszone für Soldaten mit Maschinenpistole und einer generellen Verbannung jeglichen Stacheldrahts.

Leute wäre dies schön, nein, es wäre wunderschön.

Hinzufügen möchte ich nichts mehr. Ich hoffe nur, daß der geneigte Leser ein wenig Freude beim Studium dieses Bucheshat und seine Sorgen und den Alltag für eine geraume Zeit vergessen kann.

ET /1996

EIN MERKWÜRDIGES INTERVIEW

Also sprach Adam Opel...

Nach wiederholten Anläufen fast über ein halbes Jahr, ist es dem Autor dieses literarischen Ergusses gelungen, den Gründer unserer Firma zu einem Interview zu bewegen.

Wie wir feststellen konnten war Adam Opel in der letzten Zeit sehr unzugänglich. Irgendwelche Umstände oder Ereignisse müssen ihn verärgert haben.

Trotz verschiedener, unserer Zeit sehr entrückter Aussagen, möchten wir Ihnen dieses Interview mit der hervorragendsten Persönlichkeit unserer Heimatstadt nicht vorenthalten.

Also sprach Adam Opel...

Autor ET: Herr von Opel!

Adam Opel: Papperlapappl Nichts ist hier von "von". Mein Name ist "nur" Opel und sonst nichts. Das mit dem "von" war viel später zur Zeit meiner Söhne, meiner Nachkommen.

ET: Verzeihung Herr Opel, doch sie sollten nicht so bescheiden sein, denn das, was Sie hier in Rüsselsheim aufgebaut haben, ist doch einmalig.

Adam Opel: Das stimmt und ich bin auch sehr stolz darauf, aber denken Sie immer daran, ich bin kein "von"! Ich bin ein Opel. Ich war ein einfacher Schlosser, ein Schlosserbub', wie man hier bei uns sagt.
Ich habe alles mit meinen eigenen Händen aus dem Nichts, aus dem Kuhstall, aufgebaut.

Später kamen dann meine Leute, meine Frau, die Sophie und dann die fünf "Buwe".

ET: Richtig Herr Opel. Doch nun mehr zu der etwas lustigeren Seite. Wie Sie wissen ist der Titeldes Buches, aus dem Grund ich hier mit Ihnen spreche, "Der lachende Opel". Wir möchten aber auch einmal über Sie lachen, ist dies erlaubt?

Adam Opel: Natürlich! Auch wir haben damals viel gelacht, obwohl es eigentlich nicht so sehr vielzu lachen gab. Die Zeiten waren härter und ernster.

ET: Sehr schön! Also meine Frage:
"Wie war das damals an diesem bewußten ersten Weihnachtstag Ende der achtziger Jahre mit den fünf geschenkten Hochrädern und Ihrem Fahrversuch"?

Adam Opel: Ohweh! Das war vielleicht ein Ding. Ganz Rüsselsheim hat später über mich gelacht.

ET: Nun, erzählen Sie doch einmal.

Adam Opel: Wie Sie wissen, kamen die ersten Hochräder auf den Markt und die Jungs waren totale Fahrradnarren. Schuld war unser Onkel in Frankfurt, der mit diesem neumodischen Kram handelte. Dort wurden sie von dem neuen Bazillus infiziert.

Die Burschen hatten mich mürbe geredet und am Heiligen Abend standen fünf Hochräder unterm Weihnachtsbaum.

Mein Gott was war das eine Freude und ein Hallo.

Doch ich wollte die Dinger erstmal ausprobieren, denn beim näheren Hinsehen sahen sie ganz gefährlich aus.

Also am nächsten Morgen, in aller Frühe wollte ich eine Probefahrt machen, um zu sehen, ob Radfahren auch gesund wäre.

ET: Und war es gesund?

Adam Opel: Gesund war eigentlich nur die frische Luft, sonst war es sehr ungesund.

Also ich muß wohl erzählen:

Klingelhöfer, die treue Seele und ein zweiter Mann aus der Firma hielten mich und das Fahrrad. Sie halfen mir in den Sattel und ab ging die Post, oder der Opels Adam.

Aber nicht weit. Dieses komische hohe Ding, ich darf mich nicht erinnern. Nach zwanzig Metern stieg ich wieder ab. Aber nicht wie es sich gehört mit zwei Füßen zuerst. Nein! Kopfüber.

Ich flog auf die Schnauze und lag im Straßendreck. Ich sah aus wie ein Ferkel oder wie eine' Wutz", wie man hier bei uns sagt.

Und die zwei Helfer waren stark, sie verkniffen sich das Lachen. Es fiel ihnen bestimmt schwer. Welch ein Glück, daß dies sonst niemand sah.

ET: Und was war die Reaktion auf diese ungesunde Probefahrt?

Adam Opel: Nun ja! Es war eine Kurzschlußreaktion aus Angst um die Jungs. Ich habe die fünf Fahrräder wieder verkauft.
Die Schreierei war natürlich riesengroß, das war vielleicht ein Weihnachtsfest.

ET:	Aber vom Radfahren abhalten konnten Sie die fünf natürlich nicht.
Adam Opel:	Das hätte mir klar sein müssen, die waren ja aus meinem Holz. Die Burschen haben es mir gezeigt und fuhren Radrennen über Radrennen. Erst auf Hochrädern und dann auf den flachen Dingern. Gewannen einen Pokal nach dem anderen. Nun, den Rest weiß fast jeder hier. Wir wurden eine riesige Fahrradfabrik und bauten dann Millionen von diesen Rädern.
ET:	Nun zurück in die heutige Zeit. Sie stehen ja hier auf dem Bahnhofsplatz. Da gibt es bestimmt allerhand zu sehen und man hört so manches.
Adam Opel:	Natürlich! Hier trifft sich doch scheinbar ganz Europa. Ich verstehe allerdings nur Deutsch.
ET:	Stört Sie auch so manches hier auf dem Podest?
Adam Opel:	Ja natürlich, das dumme Gerede über mein Denkmal. Man würde Personenkult treiben. So ein Unsinn. Rüsselsheim ist Opel und Opel ist Rüsselsheim. Was mich sonst noch stört sind diese Tauben. Warum müssen die auch immer auf mir sitzen und dann bin ich ganz bekleckert. Keiner kommt einmal auf die Idee es abzuwaschen.

ET:	Dies ist mir auch schon aufgefallen. Die Firma sollte unbedingt einen "Adam Opel Denkmalreiniger" beauftragen.
Adam Opel:	Ich wäre den Herren sehr dankbar. Es wäre ja nicht so schlimm, wenn ich den Hut auf dem Kopf hätte, aber ich habe ihn ja in der Hand.
ET:	Zum Abschluß hätte ich die Bitte, daß Sie uns noch etwas Spaßiges aus Ihrer jüngeren "Denkmalzeit" erzählen.
Adam Opel:	Kein Problem. Vor etwa zwei Jahren, es war an einem schönen Sommerabend, stand vor meinem Standort ein junges Pärchen. Sie im Minirock, er in Jeans und knutschten sich in wahrer Wonne ab. Die meisten Leute gingen vorbei und lachten, andere waren aber empört. Und ein älteres Mütterchen, das scheinbar überhaupt kein Verständnis hatte, oder noch in der guten alten Zeit lebte, wo so etwas ja überhaupt nicht üblich war, fing an Zeter und Mordio zu schreien. Ob sie sich nicht schämen würden, sich so unmoralisch aufzuführen und was so die Worte waren. Der junge Mann schaute nur ganz langsam auf, ließ das Mädel aber nicht los sondern hielt sie fest, dann schaute er zum Mütterchen hin und sagte folgendes zu ihr:

"Oma, wenn du nicht den Mund hältst, kriegst du auch einen aufgedrückt".

Soviel Sprachlosigkeit in diesem Moment habe ich noch nie erlebt. Oma drehte sich um, bekam einen roten Kopf und schoß ab. Und die beiden, was machten Sie? Sie knutschten und küßten natürlich weiter. Warum auch nicht?

ET: Herr von Opel!

Verzeihung, Herr Opel!
Ich danke Ihnen für dieses Gespräch.

DIE LACHENDE AGENDA

Reisegeschichten

Die schwebende Nonne
Bourbon ist kein Whisky
Wiener Einbahnstraßen
Österreichische Ladies
Viele Grüße Schwarznagel

Autofahrer

Die Gangschaltung
Der Führerschein Pedalritter
Der Gurt
Das neue Auto
Kegelabend

Do it yourself

Der Fachmann
Der Glattstrich
Der Öltank
Der Schreinermeister
Der Radfahrer
Der Stukkateur
Die Steckdose

REISEGESCHICHTEN

Wenn einer eine Reise tut, dann ...

Nun der Spruch ist bekannt und er trifft auch zu, denn zu dem Zeitpunkt oder in dem Zeitraum, als wir Anfang der neunziger Jahre drei Baustellen in drei Ländern hatten, kam es zu den verschiedensten Vorkommnissen und Erlebnissen. Kleine Dinge am Rande, zum Lachen, zum Schmunzeln oder vielleicht zum Nachdenken.

Diese Geschichten spielten sich ab, auf Flughäfen, im Flugzeug, im PKW oder im Hotel.

Die schwebende Nonne

Vor Rolltreppen hatte ich immer einen kleinen Horror. Meist laufen sie zu schnell und wenn man mit Koffern bepackt ist, kann es kriminell werden.

Nun gibt es Flughäfen, wie Wien, dort darf man mit dem Gepäckwagen nicht auf die Rolltreppen.

Rhein-Main in Frankfurt ist natürlich moderner, dort darf man auf die Rolltreppe. Aber in Schaubildern ist gezeigt, wie man darf oder soll und wie man nicht darf oder nicht soll.

Für mich ist es aber immer erschreckend, wenn ich mit vollgeladenem Gepäckwagen auf eine Rolltreppe gehe:

"Jetzt passierts, jetzt saust der ganze Laden nach unten und erschlägt mir einige Personen."

So ging es scheinbar einer Nonne im Frankfurter Flughafen, nur hätte sie, als Heilige Schwester, mehr Gottvertrauen haben sollen.

Doch fangen wir vorne an.

Halle "B", Ankunft aus aller Welt, auch ein Pater und eine Nonne. Beide korrekt gekleidet in schwarz, aber ohne Heiligenschein. Gepäckwagen voll gepackt bis oben hin. Auch Pater sind Kavaliere. Er schiebt den Wagen, sie schwebt vorneweg mit kleiner Reisetasche.

Rolltreppe nach unten zur Bahn- und Pkw-Ebene. Unsere fromme Schwester immer noch vorneweg. Sie schwebt nach unten.

Der schwarze Kavalier wuchtet den Wagen auf die Rolltreppe, es klappt, der Wagen steht, es geht abwärts.

Die schwebende Nonne steht fünf, sechs Stufen tiefer und schaut nach oben...

Ein Schrei !?

Was ist?- Terroristen?
Kidnapper?

oder tatsächlich der Heilige Geist ?

Nichts von alledem. Die Liebe sah lediglich den vollgepackten, überladenen Wagen drohend über sich stehen. Und jetzt wirst du erschlagen, muß sie gedacht haben.

Aber, aber! So wenig Gottvertrauen für eine fromme Nonne, die dem Himmel kontaktmäßig einige Meter näher sein müßte.

Rock hochgehoben, sie hatte übrigens ganz nette Beine, und ab gings im Sturmschritt die laufende Rolltreppe hinab.

Ob jemals eine oder einer in Frankfurt schneller war, weiß ich nicht. Und dies mit hochgehobenem Rock. Die Angst verleiht wirklich Flügel.

Die Gute wurde erst gestoppt als sie die nächste Ausgangstür erreicht und die war eine Automatische. Doch automatische Türen arbeiten mit Sensor, und der reagiert nicht so schnell.

Rums sie sauste gegen die Tür und rums lag sie flach und dann ging die Tür auf, aber natürlich zu spät.

Unser frommer Pater, übrigens auch ohne Heiligenschein, aber mit einem kleinen Bäuchlein und mit hochrotem Kopf, kam ihr zu Hilfe und natürlich noch andere Personen.

Alles war bald wieder gut, es war ihr nicht viel geschehen. Vielleicht war sie auch gut gepolstert.

Ob unsere Dame jemals wieder Rolltreppe gefahren ist, ist nicht überliefert Sicher bin ich allerdings, daß sie nur noch auf eine Rolltreppe geht, wenn kein Gepäckwagen über ihr schwebt.

Bourbon ist kein Whisky

Letzter Flieger von Manchester nach Frankfurt. Flieger sagt man zur Zeit als moderner Mensch und nicht Flugzeug.

Allerdings war dies alles schon mal da, denn wenn wir als Kinder auf der Straße spielten und ein Flugzeug flog Ober uns weg, was damals sehr selten war, dann riefen wir:

"Guck' emal, enn Fliecher!"

Heute sagen es die, welche glauben "IN" zu sein. Sie sagen also nicht: "Mein Flugzeug geht", sondern: "Mein Flieger geht" um 16.35 Uhr von Frankfurt Main. Vornehm!

Nun noch einmal, letzter Flieger von Manchester, wir waren spät dran. Fast eine Stunde Verspätung. Den ganzen Tag Meetings, Baustelle, Diskussionen, Taxi und schnell zum Flughafen.

Endlich saß man. Entspannen! Das Essen wurde serviert und dann die obligatorische Frage der Stewardess:

"Möchten Sie noch etwas trinken?"

Vornehme Menschen, und die sind meistens in der Überzahl, verlangen Champagner. Ob sie vornehm sind, ist übrigens noch die Frage. Vielleicht wird auch so viel Champagner bestellt, weil man glaubt, daß er so teuer ist.

Ich für meine Person mag das Zeug nicht.

Nun ich hatte mich auf meinen Whisky gefreut, denn hin und wieder einen Bourbon, dies entspannt.

Die Lady kam, vornehm, wenn nicht sogar hochnäsig. Wie so viele Damen von der Lufthansa. Im Gegensatz zur Austrian Airline. Diese Mädels sind noch Mädels, nett, entgegenkommend, du fühlst dich bei dieser Linie wie zu Hause.

Nun die "Dame" kam, es war eine Zumutung, daß sie uns

bedienen sollte:

"Was woll'n se trinken?"
Kurz und militärisch.
"Bitte einen Whisky, einen Bourbon". "Wie bitte?
"Bourbon ist kein Whisky!"
"Jetzt trink' ich seit fast 40 Jahren Whisky und erfahre heute erst, daß Bourbon kein Whisky ist!"

Ich war sprachlos, die Dame weiterhin hochnäsig. Lachen konnte sie auch nicht, warum auch ?

"Ja! Bourbon ist kein Whisky!"

Ich bekam meinen Bourbon, der kein Whisky war. Habe ihn genossen.

Mein Nachbar, ein älterer Herr kam nicht aus dem Lachen heraus:

"Jetzt sind sie so alt geworden und mußten dies noch lernen."

Man kann sich nur wundem. Aber interessanterweise war ich verunsichert.

Hatte die "Ziege" vielleicht doch Recht?

Zu Hause, obwohl ich müde war, mein erster Gang in den Keller, griff zur Whiskyflasche. Nicht um schon wieder zu trinken, nur um das Etikett zu prüfen.

Und was stand drauf?
"Philadelphia
Kentucky straight Bourbon Whiskey"

Also ich hatte doch nichts dazu gelernt oder ist

'Whiskey" kein 'Whisky" und
'Whisky" kein "Bourbon" ?
Ich habe es dabei belassen und fliege mit der Austrian Airline, denn dort ist Bourbon immer noch Whisky!

Gott sei Dank, denn Scotch mag ich keinen, der schmeckt nach Apotheke!
Oder ist Scotch vielleicht auch kein Whisky?

Wiener Einbahnstraßen

Waren sie schon einmal in Wien? - Bestimmt waren es viele, die schon dort waren.

Eine schöne Stadt, alt ehrwürdig, historisch und sehenswert. Doch haben sie in der Innenstadt von Wien einmal ein Hotel gesucht? An und für sich kein Problem. Aber mit PKW ein Horrorfall

Ich hatte mich gut informiert, Stadtplan lag vor. Tips und Ratschläge gab es genug. Der Beste war der mit der Tankstelle, kurz vor dem Hotel, dort sollte ein grüner VW stehen.

Wir waren vier Leute im PKW, intelligente Menschen, Planungsingenieure.

Ein glühend heißer Augustnachmittag. Ich saß am Steuer und ließ mich leiten. Die Zwei hinten hatten den Stadtplan. Stephansdom schon in Sicht, gleich sind wir dort, welch ein Glück.
Kommando von hinten:

"Nächste Straße rechts!"
Einbahnstraße!
"Dann nächste Straße rechts!"
Einbahnstraße!
Endlich rechts. Aber wo waren wir ? Wo ist das Hotel ?

Dann im Rückraum:

"Du hältst die Karte verkehrt rum"

"Nie im Leben!"
"Doch, wir müssen links!"
Einbahnstraße!
Geradeaus?
Einbahnstraße!
Dann doch rechts.
"Sie sans in aaner Fußgängerzone"

Giftige Blicke der Passanten. So ein Trottel als Fahrer. Gott sei

Dank hatten wir ein Grazer Kennzeichen und kein Deutsches.

Trotzdem Trottel vom Land. Dann aber vier Trottel, bitte!

Langsam kam ich ins Schwitzen. Ruhe Junge! Ruhe!

Dann von hinten:

"Hier ist die Hofreitschule, und dort der Stephansdoml"
"Mein Gott ich will nicht in die Hofreitschule und nicht in den Dom, ihr Heinis.
Ich will ins Hotel und in dieses bestimmte Hotel!"

Also fragen.
Taxifahrer.
"Wie komm ich zum dem Hotei"X" ?
"Nichts leichter als das!"
"Fahrens erst grodeaus, dann links, zwei Straßen grodeaus, dann rechts und, und.......

Auf gehts. Auf ein neues.

Wieder Einbahnstraße
Noch eine Einbahnstraße
"Hier waren wir doch schon einmal"
"Na und"?
Hofreitschule
Stephansdom
Rathaus

Einbahnstraße!

Diskussion im Hintergrund.
Karte verkehrt.
Links.
Rechts.
Geradeaus.

Einbahnstraße!
Nur kein Hotel"X".

Entnervt gab ich auf.
Stoppte.
Ging zu einem haltenden Taxi:

"Bringen sie mich bitte zum Hotel"X".

Fahren sie bitte vor mir her. Ich bezahle selbstverständlich."

Nach drei Minuten und zweimal links sowie dreimal rechts, dies aber ohne Einbahnstraßen, waren wir an unserem Hotel.

"Fünfzig Schilling, bittaschön!"

War mir so egal, Hauptsache endlich unser Hotel erreicht.

Doch es kam noch viel dicker. Es gibt so Tage, an denen man besser im Bett geblieben wäre.

Außer der geschäftlichen Besprechung, am nächsten Tag, die dank unserer Österreichischen Freunde hervorragend ablief, ging alles schief.

Aber hier nur in Stichworten, damit es nicht langweilig wird.

Kleines Zimmer.
Glühendheiss aufgeheizt
Fenster auf.
Krach auf der Straße bis drei Uhr früh.
Total übermüdet.
Strafzettel, da im Halteverbot die ganze Nacht.
Gepäck holen.
zweiter Strafzettel, da immer noch im Halteverbot.

Dann wie bereits erwähnt, geschäftlich super. Gott sei Dank!

Aber Rückflug
Einchecken in Wien-Schwechat.
Tempo, um Nachmittagsmaschine noch zu erreichen, sonst sitzt du drei Stunden auf dem Flughafen rum und kommst spät abends erst nach Hause.

Rolltreppe aufwärts.
Bitte kein Gepäckwagen.

Zwei Gepäckstücke und ein Ordner. Kein Problem für einen gestandenen Mann.

Von wegen schwebende Nonne. Wer macht sich hier über ungeschickte Rolltreppenfahrer lustig ? -

Kurz vor Ende der Rolltreppe passierts. Koffer bleibt hängen, Rolltreppe läuft weiter und meine Person ebenfalls. In so einer Situation sollte man Koffer, Koffer sein lassen und seine Haut retten. Doch wer tut das schon.

Haben Sie schon einmal einen Manager, also bitte nur mittleres Management, bäuchlings die Rolltreppe in Wien Schwechat hochfahren sehen ?

Nun ich auch nicht, doch ich hab's gespürt. Übrigens noch längere Zeit und blaue Flecken hatte ich mir auch eingefangen.

Doch was erträgt man nicht alles für General Motors oder vielleicht doch für Opel ?

Übrigens die beiden Strafzettel habe ich bis heute nicht bezahlt, oder sollte ich ?

Österreichische Ladies ?

Im April 1991 flog ich mit der letzten Maschine abends von Graz nach Frankfurt zurück.

Ich hatte mir am Abend vorher oder am Morgen danach den Magen total verdorben, zwei chaotische Sitzungen hinter mir, mit deutscher, englischer und ungarischer Übersetzung und war ziemlich am Ende. Gottseidank konnte ich auf dem Flughafen noch einen günstigen Gangplatz erwischen. Sitzplatz Nr. 4 D, das ist direkt hinter der ersten Klasse. Dieser Platz an der Wand, wo man die Beine entsprechend ausstrecken kann. Meine Hoffnung, daß die beiden Plätze neben mir frei bleiben mögen, wurden nicht erfüllt.
Aber es kamen zwei gutaussehende Damen, eine spätes Mittelalter, die andere später Jugendstil.

In der Hoffnung einen ruhigen Flug bis Frankfurt zu haben ließ ich das Essen ausfallen und mir von der Stewardess nur eine Tasse Tee ohne Zucker servieren. Ich wollte nur nach Hause, um ins Bett zu kommen, meinen ruinierten Magen auszukurieren, damit ich am nächsten Morgen wieder auf die Arbeit gehen konnte, da ich zwei wichtige Termine hatte.

Der Flug an sich war sehr ruhig aber damit hatte ich nicht gerechnet: Die beiden Damen neben mir, also die beiden Österreichischen Ladies redeten am Stück. Und das Interessante war, sie redeten teilweise zu gleicher Zeit. Ich hatte das Gefühl, sie redeten nur und hörten sich überhaupt nicht zu. Zu Anfang machte mir das erst gar nichts aus. Aber etwas später krochen dann die Stimmen wie Würmer in meine Ohren, von den Ohren ins Gehirn und dann plötzlich bekam ich Kopfschmerzen. Ich dachte, jetzt zerplatzt dir der Kopf. Somit war es um mich geschehen. Ich konnte ja doch nicht schlafen und versuchte mal zuzuhören, was die beiden Damen sich zu erzählen hatten. Das Komische war, ich verstand überhaupt nichts. Scheinbar war es Grazer Dialekt. Ich verstehe ja etwas von der Österreichischen Sprache, aber da bekam ich fast nichts mit. Hin und wieder konnte ich einen Satz übersetzen. Es war dann meistens das Banalste was ich je gehört hatte.

In dieser Form zum Beispiel: "Der Opa hot den Telefonhörer abgenumme und die Oma hat em zugschaut".

Oder in der Form: "Der Willi is a Schlawiner, der hot mi ogrufen und dann es er net kimma".

Und so ging das von Graz bis Frankfurt. Meine Hoffnung, daß während des Essens die beiden Damen ihr Gespräch einstellen würden, erfüllte sich nicht. Beim Essen wurde weitergeredet Wie die es schafften, die Gabel in den Mund zu bringen und noch zu reden, ist mir heute rätselhaft. Ich sollte es einmal üben, vielleicht schaffe ich es. Als ich in Frankfurt ankam, hatte ich einen solch dicken Schädel, als hätte ich von Graz bis Frankfurt nur Whisky getrunken.

Diese beiden Damen gehörten zu der Kategorie, **"wenn du die mitten auf den Mund küßt, reden sie mit dem Mundwinkel noch weiter"**.

Drum: Prüfe, wer sich ewig bindet! Oder prüfe, wo du dich hinsetzt!

Viele Grüße

Der Planungsgruppenführer Ludwig kam von einer Reise zurück. Heute nennt man diese Sorte technischer Spezies "Gruppenleiter".

Also unser Ludwig kam von einer Geschäftsreise aus dem Stuttgarter Raum zurück. Damals in den fünfziger Jahren natürlich mit der Bahn. Er kam freudestrahlend zu unserem Chef Hans:

"Du, Hans ich soll dir auch viele Grüße ausrichten!"

"Schön, Ludwig! Dank, von wem denn ?I

"Den habe ich im Zug von Sindelfingen nach Frankfurt getroffen, er kennt dich gut".

"So Ludwig, wie heißt er denn? Ich meine, wie ist sein Name?"

"Oh, Hans! Das weiß ich nicht".

"Ja, Ludwig, du mußt doch wenigstens wissen, von welcher Firma er war".

"Du, das hat er mir nicht gesagt".

"Aber Ludwig überlege doch mal, wo ist er ausgestiegen ?"

"Ei, ei, in Frankfurt ....."
"Ja, und dann .....?"

"Ja, dann war er weg".

"Na ja Ludwig! Da kann man nichts machen. Auf jeden Fall besten Dank für die "Vielen Grüße" von Herrn Unbekannt".

Übrigens ist bis heute nicht geklärt wer der mysteriöse Freund von Chef Hans war.

Trotzdem:

„Viele Grüße Hans!"
„Danke, Ludwig!"

Schwarznagel

Wenn ich ehrlich bin, muß ich zugeben, daß ich einen sehr empfindlichen Magen habe. Dies ist nicht übertrieben. Vornehm ausgedrückt, er rebelliert bei der geringsten Unstimmigkeit.

Als wir in Ungarn anfingen einzurichten, ich hatte wirklich von der ungarischen Küche keine Ahnung, wurde ich eines Tages von einem der Manager des Werkes eingeladen. Nicht nur ich, sondern auch meine Mitarbeiter. Sie hatten in einer Schule in der Nähe des Werkes einen Raum geordert und wurden dort mit Mittagessen versorgt.

Soviel mir bekannt ist kostete das ganze Mittagessen pro Person mit Suppe und Nachtisch zwei Mark. Also wirklich preiswert.

Und unser guter Chef war auch wirklich sehr stolz auf das, was er da ausgehandelt hatte. Nur, ich mit meinem empfindlichen Magen hatte schon die Probleme bei der Suppe. Die gute Lady, die hier bediente war nicht gerade die Hübscheste. Aber für zwei Mark kann man ja etwas in Kauf nehmen.

Dann kam das Hauptgericht. Es war irgendeine weiße Soße und in der Mitte ein brauner Klecks drauf. Später stellte sich heraus, daß das irgendwie Kohlrabi-Gemüse war mit Gulasch. Also es sah "grauenhaft" aus. Und mein Gastgeber verspeiste das mit einem Wohlbehagen, daß ich sprachlos war.

Gut, ich brachte das Mittagessen hinter mich. Mir war hinterher fast speiübel. Ich mußte am Abend drei Cognacs trinken um überhaupt wieder klarzukommen und die Folge davon war, daß mein Magen in höchsten Maße rebellierte.

Aber der Knüller kam hinterher. Die Jungs die mit mir essen waren, hatten folgendes beobachtet und das sollte angeblich, ich weiß nicht ob sie mich ärgern wollten, bei meiner Suppe passiert sein.

Die Dame die servierte hatte den Teller oder die Terrine so voll gemacht, daß sie mit dem Daumen in die Suppe gekommen war. Und sie hätte mir dann die Suppe hingestellt und den Daumen an der Schürze abgewischt. Und angeblich hätte sie noch einen Schwarznagel gehabt.

Da war es dann bei mir ganz aus. Ich konnte mich an dem Abend praktisch an nichts mehr Eßbares gewöhnen, und ich war gezwungen nur noch Rotwein zu mir zu nehmen. Rotwein soll ja desinfizieren.

AUTOFAHRER

In einer Automobilfirma müßte es eigentlich nur Stories über Autofahrer geben, aber wie sie feststellen werden ist dies nur bedingt der Fall. Doch wer erzählt schon gerne, daß er bei der Deutschen liebstes Kind versagt oder vielleicht einen Fehler gemacht hat.

Nehmen wir es hin, die nachfolgenden Geschichten Über Autofahrer, die nicht unbedingt die größten waren, sind kurz aber bezeichnend. Unsere Freunde, die in ihnen vorkommen, liebenswerte Gesellen, die eben andere Qualitäten haben als das Autofahren.

Die Gangschaltung

Die Schnellfahrer, Franz und Adam mußten Anfang der fünfziger Jahre geschäftlich nach Württemberg zu einer Maschinenfirma. Als sie dort ankamen war der Wagen nicht mehr von der Stelle zu bewegen, das Getriebe war defekt. Totalschaden, wie sich später herausstellte, ein neues Getriebe war erforderlich.

Nun muß man vermerken, daß unsere Firma schon immer sehr stabile und robuste Getriebe baute. Also ein Getriebe von Opel zu Totalschaden fahren, dazu gehörte schon allerhand.

Dies wußte auch Chef "Hans", ihm·schwante nichts Gutes.

Damals war ein defektes Auto noch Chefsache, heute regelt dies im Höchstfalle die Sekretärin. Also zum Rapport zu Hans:

"Na ihr Männer, was war denn ?"

"Ja, der Wagen lief so sonderbar, er kam nicht auf Touren, obwohl wir nur Vollgas gefahren sind, und der war vielleicht laut!"

Hans hatte den richtigen Riecher. Er nahm die zwei Experten für Maschinenbau mit zu seinem Fahrzeug.

"Zeig einmal wie ihr gefahren seid ?"

Also gestartet, Kupplung, erster Gang rein. Rumms, damals noch ohne Synchronisierung. Anfahren, Kupplung, rumms, zweiter

Gang. Dann geschah lange nichts, Bundesstraße, Autobahn, Vollgas, die Karre dröhnte, wurde immer lauter.

"Anhalten, Stop!"

Hans hatte Tränen in den Augen, einen hochroten Kopf. Und außerdem klapperte sein Gebiß.

„Warum schaltest du nicht hoch in den dritten und dann in den vierten Gang ?"

"Wieso, hat der noch mehr Gänge ?"

Zur Ehrenrettung muß man sagen, daß ein Maschinenbauingenieur nicht unbedingt Ahnung von einem Auto haben muß.

Doch von Rüsselsheim bis Wendlingen im zweiten Gang und dies mit Vollgas, hält selbst das robusteste Opel-Getriebe nicht aus.

Wo die nur ihren Führerschein her hatten ?

Der Führerschein

Der schon etwas ältere Betriebsleiter kam eines Tages in den höchsten Genuß des mittleren Managements. Er bekam einen Dienstwagen zugeteilt. Dies ist wie ein Fünfer im Lotto oder eine noch unschuldige Braut in der Hochzeitsnacht.

Großartige Überreichung des Schriftstückes, lobende Worte des Chefs, von wegen Verdienste um die Firma, treuer Mitarbeiter, immer da, wenn er gebraucht wurde. So die üblichen Sprüche, man wird dann ganz schön stolz auf sich selbst.

Warum freut der Kerl sich nicht, der müßte doch im Dreieck springen. Doch im Gegenteil. Der wurde immer stummer und auch blasser. Über seine Lippen kam nur ein leises "Danke" und weg war er.

Alle waren baff, besonders sein Chef. Was hatte er sich für ihn eingesetzt, engagiert und wenn es sein mußte auch noch „Werte" erfunden, die gar nicht vorhanden waren.

Und jetzt dies. Undank ist der Lohn. Nichts sollte man mehr für die Kerle tun.

Nach drei Tagen löste sich das Rätsel. Kleinlaut beichtete er:

"Ei, Chef! Ich habe nie einen Führerschein gehabt und bin immer mit dem Rad gefahren".

Daher die sprichwörtliche Undankbarkeit.

"Dann machste deinen Führerschein!"

"Ich bin fast sechzig, kurz vor der Pension."

Er machte ihn. Mit angeblich 53 Fahrstundenl Aber glücklich war er nie. Er wäre lieber weiter mit dem Rad gefahren.

Der Pedalritter

Der kleine, dicke Karl, so nannten ihn die frechen Kollegen war wirklich lustig anzusehen. Genau so breit wie hoch, man konnte ihn kugeln, aber in jede Richtung. Er war ebenfalls Chef und bekam einen Dienstwagen. Da begann das Problem.

Die Beinchen waren sehr kurz. Also Sitz nach vorn. Denkste, da war der Bauch im Weg. Er stieß gegen das Lenkrad und die Beinchen waren immer noch zu kurz.

Nun Techniker sind erfindungsreich. Das Karlchen bekam auf jedes Pedal einen Holzklotz geschraubt und somit stoppte das Bäuchlein direkt vorm Lenkrad.

Und so kam der kleine, dicke Karl in den Genuß seines Dienstwagens. Aber fahren konnte nur er, denn für "Normale" Mitarbeiter waren die Pedalklötze zu hoch.

Der Gurt

Fahrt nach Bochum.

Wir waren schon hinter dem Garnbacher Dreieck, als wir ein Stöhnen hörten. Es war unser Freund und Mitarbeiter Nikolaus.

'Was hast du denn" ?
"Also Leute wißt Ihr, der Gurt ist viel zu eng".
"Das kann doch nicht dein Ernst sein. Wieso schnallst du dich auch an.
Was soll denn das ?"

Damals gab es keine Vorschrift sich anzuschnallen.

"Auf jeden Fall der Gurt ist zu eng. Fahr doch mal auf den nächsten Parkplatz raus".

Auf dem nächsten Parkplatz sind wir herausgefahren. Und dann war das Gelächter groß. Unser Freund hatte sich mit dem hinteren Gurt vorne angeschnallt. Darum war der so eng. Aber man muß zu seiner Entschuldigung sagen, er selbst hatte keinen Führerschein und war somit auch kein Autofahrer. Dann kann so etwas schon einmal passieren.

Das neue Auto

Unser Mitarbeiter Karl hatte sein erstes, sein neues Auto bekommen. Stolz wurde es schnell in die Garage gefahren, denn es regnete und es sollte nicht naß werden. Es wurde geputzt und geglänzert. Ein schönes Stück. - Doch Oh Schreck am nächsten Tag, was war das?

Das schöne Stück stand ganz schief in der Garage, hinten rechts war es tiefer als vorne. Karl war verzweifelt. Sofort rief er den Händler an, es müsse jemand kommen.

Und es kam sofort jemand, denn damals kamen die Handwerker noch. Heute schicken sie erst ein Angebot. Ein Blick, ein Grinsen, dann ein Lachen:

"Ja, mein lieber Herr! Sie haben einen Platten!"

„Was hab' ich ?"

"Einen Plattfuß, der Reifen hat keine Luft mehr, sie sind in etwas reingefahren."

Nun der Reifen wurde gewechselt, und wer ahnt schon, daß man bei einem neuen Auto einen Platten bekommen kann.

Kegelabend

Kegelabend nach einem harten Tag bei Opel. Es ging hoch her und noch ein Geburtstag. Noch eine Runde und noch eine Runde. Es wurde spät und noch später. Soll man das Auto stehen lassen oder -? Na ja! Man fährt doch, die Polizei ist auch müde, die kontrollieren heute bestimmt nicht.

Am nächsten Morgen am Frühstückstisch, dicke Augen, dicker Kopf. "Mein Gott"!

Gähnend sagt der Ehemann: "Hab' ich einen Kater".

"Und ich erst", die Ehefrau.
"Gut, daß du gefahren bist."
Sie denkt nach: "Du bist doch gefahren!"
Stille. Ein Engel schwebt durch den Raum.

'Wer ist gefahren ?"
"Du!" .
"Nein, ich hab' hinten gesessen!"
"Du hast den Wagen sogar noch in die Garage gefahren."

Soviel bekannt ist, soll diese Familie seit diesem Vorfall öfters hohe Taxirechnungen haben.

DO IT YOURSELF

Bekanntlich sind Industriemanager kluge Leute, sonst wären sie keine Manager.

Doch es gibt bei uns im Konzern einen Spruch, der da heißt:

"Der liebe Gott weiß alles, aber unsere Manager wissen alles besser."

Die nachfolgenden Legenden handeln von eben diesen Besserwissern, liebenswerten Trotteln und Leuten, die auch einmal über sich lachen konnten.

Der Fachmann

Wir hatten einen, der wußte wirklich alles besser. Es war ein Amerikaner, nun die haben, aber bitte nicht alle, sowieso ein großspuriges Naturell. Nennen wir ihn John, er lebt übrigens schon einige Jahre nicht mehr.

Unser Großraumbüro von ca. 5000 m2 wurde renoviert. Große Sitzung, John rechnete den Bauleuten vor, in welcher Zeit das Büro fertig sein müsse. Nach meinen Schätzungen würde man die dreifache Zeit gegenüber seiner Kalkulation benötigen.

Keiner hatte den Mut zu fragen, stumm wie immer waren die Herren. Man spürte förmlich, wie die Angst vor seinen bekannten Wutausbrüchen im Raum hochkroch.

Selbstmörderisch fragte ich dann, woher er das so genau wisse, die Zeitangabe sei nach meiner Meinung zu gering, aber ich sei auch kein Baufachmann.

Lapidar bekam ich zur Antwort, er habe mit seiner Frau ein ganzes Haus in einer Woche neu gestrichen und daher könne er es beurteilen.

Nun ja, Gott hab' ihn selig!
Übrigens, die Baumaßnahmen dauerten die vierfache Zeit seiner Kalkulation.

Na sowas!

Der Glattstrich

Die jetzt vorzustellende Geschichte wurde mir von dem Verursacher selbst erzählt. Er hieß Willi Nr. 1. Nr. 1 weil bei diesem "Do it yourself' noch ein Willi auftaucht, also dann Willi Nr. 2. Doch dieser Willi Nr. 1 war so geartet, daß er Ober sein selbstverursachtes Mißgeschick am meisten lachte. So herzhaft lachte, daß ich mich mehr über seine Lache amüsierte, als über die Story. Also, alles in allem, ein sympathischer Geselle, ein Vorläufer des "Soft Managements" oder des "Quality Network".

Also unser Willi Nr. 1 hatte auf seinem Gelände eine Garage im Do-it-Yourself-Verfahren an Wochenenden erstellt. Die Arbeit lief zufriedenstellend. Am nächsten Wochenende sollte der Fußboden betoniert werden. Willi Nr. 1 werkelte alleine, setzte seinen Beton an, Stahlmatten mit Unterbeton, Estrich und zum Schluß den Glattstrich.

Es lief wie geschmiert, ein Glattstrich wie ein Spiegel. Bald war es geschafft, Willi Nr. 1 war richtig stolz auf sich. Dann nur noch zwei Quadratmeter, es ging auf Mittag zu, der Magen knurrte schon. Ein herrliches Gefühl, eine Arbeit bei der man "Ein Stock sieht", wie man in unserer Gegend so schön sagt.

Doch plötzlich lief es unserem Willi eiskalt den Rücken herunter, es ging ihm ein Licht auf, aber ziemlich hell. Was war geschehen?

Unser Willi Nr. 1 stand in der hintersten Ecke der Garage, seinen

Superglattstrich vor sich und es gab keinen Weg zurück, ohne seine Arbeit zu zerstören.

In der Zwischenzeit hatte die Gattin in der Küche das Essen fertig und wartete auf ihren Willi, doch der kam nicht. Na ja, der hat noch zu tun, wird schon kommen.

Dann dauerte es immer länger, doch Willi kam nicht. Raus in den Hof, zur Garage.

"Willi, das Essen wird kalt!"

Und dann dieses Bild, im Vordergrund ein Superglattstrich und

im Hinterteil der Garage, ein Willi mit dem ämlichsten Gesicht, das man sich vorstellen. kann. Und hier kam der Punkt, wo ein Mann auch über sich selbst lachen muß. Ich glaube es ihm, er und seine Frau haben so gelacht, daß die Tränen kamen.

Das Essen fiel aus. Mit Brettern wurde Willi gerettet und der Superglattstrich auch. Doch wer den Schaden hat..., aber wenn man selbst darüber lachen kann, ist so ein Mißgeschick leichter zu ertragen.

Der Öltank

Der Held dieser Geschichte heißt auch Willi, also Willi Nr. 2. Er hatte seinen Neubau begonnen, Kellergeschoß war betoniert, der Öltank war geliefert, lag lose im Keller und mußte innen gereinigt werden. Willi Nr. 2 hatte Urlaub. Es war ein schöner Tag, ein heißer Tag. Willi Nr. 2 stieg ein und begann zu werkeln, innerhalb des Tanks. So ein Ding ist nun rund und plötzlich, bedingt durch die Gewichtsverlagerung, fing der Tank an zu rollen und Willi kullerte innerhalb herum bis der Tank still stand. Er hatte vergessen Keile unterzulegen, nun das konnte man nachholen. Doch, oh Schreck! Die Einstiegöffnung hatte sich an der Seitenwand verklemmt. Willi saß in der Klemme.

Da half kein Rütteln, kein Hüpfen und kein Trampeln, das Ding war nicht zu bewegen.

Heute lacht er selbst drüber, doch damals wurde es ihm heiß, rufen nützte ihm nichts, keiner hörte ihn. Eine einsame Baustelle, im Öltank bei Sonneneinstrahlung, das konnte heiter werden.

Es wurde Mittag, die Sonne brannte, der Schweiß lief und die Getränke standen unerreichbar nur zwei Meter entfernt.

Gegen Abend kam die Rettung, man hatte ihn zu Hause vermißt Aber die Gattin konnte den Tank auch nicht bewegen.

Und innen rumorte Willi Nr.2, ganz hohl klang es:
"Ich will hier raus! Holt mich hier raus!"

Nun, die netten Nachbarn halfen, unser Willi war gerettet.

Es geht das Gerücht um, daß Willi Nr. 2 nur noch mit einem Funkgerät, heute hat man ein Handy, auf die Baustelle gegangen sei. Kann man auch verstehen, nach soviel schrecklichen Stunden im Öltank.

Der Schreinermeister

Diese Geschichte und die über den Öltank hat mir der Verursacher, also Willi Nr. 2 selbst erzählt und dabei herzhaft über sich gelacht. Wer dies kann, bleibt für mich ein glücklicher Mensch.

Nun zu unserem Schreinermeister. Es gibt ja diese Witze mit den wackelnden Tischen und Stühlen, die immer wieder absägt, bis sie so niedrig und nicht mehr zu verwenden sind.

Willi Nr. 2 hatte einen Tisch, der war im Verhältnis zu den zwei Stühlen zu hoch. Die Mutter meinte es sollte ein Fachmann machen.

Welch eine Beleidigung für einen Opel-Manager, denn er weiß nicht nur alles besser, nein er kann auch alles besser.

„Was heißt hier Fachmann, bin ich doch selbst".

Und jetzt kam der oben erwähnte Witz zum Tragen.

Erst war der Tisch zu hoch, also absägen.

Dann waren die Stühle zu hoch, also absägen.

Nun es ging im Wechsel weiter. Man beachte aber, der Sägeschnitt war sehr sauber. Gewackelt haben nicht der Tisch und nicht die Stühle, nur das Verhältnis stimmte nie.

Es wird erzählt unser Willi Nr. 2 habe seinen Tisch und seine Stühle dem nächstgelegenen Kindergarten vermacht. Und die Kinderchen dort seien ganz glücklich mit diesen wirklich ergonomisch gestalteten Möbeln.

Der Radfahrer

Über andere Leute zu schreiben und zu lachen ist ganz schön, doch ich will mutig sein und mich einmal selbst auf den Arm nehmen.

Das Fahrrad meiner Gattin hatte eine dringende Generalüberholung nötig, es sah wirklich schlimm aus.

Meine Frau hat mir wochenlang in den Ohren gelegen mit so nebensächlichen Bemerkungen wie:
Das Rad klappert
Die Reifen brauchen Luft
Es ist total verschmutzt
Die Kette ist rostig
Es läßt sich kaum noch treten.

Wochenende, nichts wie ran. Heute wird es angepackt.

Ich ging voll zur Sache, selbst das Tretlager mit Zahnkranz wurde ausgebaut.

Damals war dies kein Problem. Heute würde ich mich nicht mehr an so ein modernes Ding mit 21 Gängen wagen oder an ein sogenanntes Mountain Bike.

Alles wurde wunderbar. Alle Teile waren gereinigt und eingefettet. Dann der Zusammenbau. Es lief wie geschmiert. Fertig! Das Fahrrad sah aus wie neu aus dem Laden.

Die Familie strömte zusammen, die Gattin hatte glänzende Augen und die Kinder klatschten in die Hände.

"Ja! Unser Vater, der ist ein toller Hecht. Der kann alles!"

Und jetzt Vorführung, Probefahrt. Vater steigt auf, schwungvoll und voll in die Pedale. Erster Tritt nach vorn und ich lag samt Fahrrad mitten auf der Straße.

Wieso ? Weshalb ? Warum ?

Der Grund war schnell gefunden. Mein Jüngster teilte es mir mit:

„Vater, du hast das Tretlager und den Zahnkranz auf die falsche Seite montiert."

Fazit:
Fahren nach hinten und Bremsen nach vorn.

Erst konnte ich nicht darüber lachen, aber die Familie sofort.

Ich sah es ihnen an, was sie dachten: Daß dem alleswissenden und alleskönnenden Herrn Vater auch so etwas passiert.

Der Stukkateur

Unser Freund Adam war ein absoluter „Do-it-Yourselfer".

Am besten konnte er allerdings verputzen. Putzarbeiten aller Art, Feinputz, Rauhputz oder sonstiger Putz, dies waren seine Spezialität.

Einen Horror hatte er aber vor dem Tapezieren. Scheinbar hatte er zu dicke Daumen. Angeblich sollten eben diese Daumen bei seinen ersten Versuchen auf der Rückseite der Tapete heraus geschaut haben.

Es könnte allerdings auch sein,daß die Tapete zu dünn war. Sein Kommentar:

„Das ist doch keine Arbeit für einen Mann, so ein Fitzelkram. Verputzen, ja verputzen, das ist eine Arbeit, aber Tapezieren ?

Doch eines Tages hatte es ihn wieder gepackt, eine Decke wurde mit fremder Hilfe tapeziert. Doch anlegen, das konnte er selbst. Damals gab es noch nicht das fertige Deckenweiß, man mußte die Farbe als Pulver kiloweise kaufen, mit Wasser anrühren, dann konnte man mit einer Bürste das Zeug auftragen.

Also nicht mit Roller wie heute, sondern mit einer Bürste. Eine Mordsschweinerei. Die Brühe lief dir an den Armen runter, du sahst nachher aus wie ein Ferkel.

Nun unser Freund holte sich Deckenweiß, rührte an und begann frohgemut die Decke einzuseifen. Als er die Hälfte fertig hatte, rief die Gattin zum Essen. Nun ja, nur nicht hetzen, wir sind bei der Arbeit und nicht auf der Flucht.

Gut gegessen, gut gelaunt kam er zurück. Ran an die Arbeit. Auf gehts Leute. Dies bißchen Decke, für einen gestandenen Mann kein Problem.

Griff zur Bürste. Doch was war dies ? - Der Eimer hing an der Bürste und ieß sich auch mit Rütteln und Schütteln nicht wieder lösen. Er muß das doofste Gesicht gemacht.haben, das man sich vorstellen kann.

Die Bürste hing am Eimer und der Eimer an der Bürste und unser Verputzer wieder an der Bürste.

Was war geschehen? - Nun ganz einfach, im Farbengeschäft hatte man ihm anstelle von Deckenweiß Gips verkauft, und der war natürlich über die Mittagspause hart geworden.

Es wäre ja alles nicht so schlimm gewesen, wenn er nicht, freimütig wie nun seine Art ist, uns in der Firma die ganze Misere erzählt hätte.

Von da an stand das Telefon nicht mehr still. Die harmloseste Frage war noch die, daß ein Stukkateurmeister gesucht wurde.

Allerdings soll er seit diesem Tag eine noch stärkere Allergie gegen alle Tapezierer - oder damit verbundenen Arbeiten haben.

Die Steckdose

Die nachfolgende Story hat sich tatsächlich ereignet und mit etwas gutem Willen und bißchen Nachdenken kann man eigentlich etwas traurig werden.

Es war 1989, nach der Maueröffnung und wir hatten in unserer Elektroabteilung einen jungen Mann engagiert, der aus der ehemaligen DDR kam und Elektriker war.

Nun wie es bei uns so ist, es kommen dann kurzfristig Anrufe aus den Büros, weil irgend etwas defekt ist. So kam auch ein Anruf von einem hohen Chef, aus dem vorderen Bereich, so in der Nähe des Hauptportals, irgendeine Steckdose hatte keihen Strom.

Der gute Meister machte sich nicht viel Gedanken und erklärte dem Jungen, wo er hingehen mußte, er sollte die Sache beheben. Entfernung dreihundert Meter.

Der Junge kam und kam nicht zurück. Es dauerte eine Stunde, es dauerte eineinhalb Stunden. Nach zwei Stunden und einer Viertel kam er dann wieder zurück. Der Meister raufte sich fast die Haare, es waren nämlich mittlerweile noch mehr Aufträge hereingekommen.

"Junge sag mir doch mal, wo warst du ?"
"Ich war dort, bei der defekten Steckdose".
"Ja was hast du denn gemacht".
"Ich habe die Steckdose repariert".

Der Meister fiel fast um. Steckdose reparieren, ich glaube kaum, daß einer seiner anderen Elektriker das noch konnte. Er war natürlich davon ausgegangen, wenn eine Steckdose defekt ist, daß sie ganz einfach ausgetauscht wird.

Aber da sieht man, daß in der ehemaligen DDR das Material ganz einfach nicht vorhanden war, der Junge sich zwei Stunden da vorne hingesetzt hat und versuchte eine defekte Steckdose zu reparieren. Und unser guter Meister konnte sich eigentlich in die DDR-Mentalität nicht hineindenken.

Gottseidank war er ein vernünftiger Kerl und erklärte dem Jungen für die Zukunft, daß er keine Steckdosen oder Schalter oder sonstwas mehr reparieren sollte, sondern dies ganz großzügig, so wie es beiuns üblich ist, austauschen muß. Mich machte dies wirklich traurig, denn so etwas nach vierzig Jahren Arbeiter- und Bauernstaat

DER LIEBE CHEF

Wir hatten in den sechziger und auch den siebziger Jahren einen Chef, der war gelinde ausgedrückt etwas wunderlich. Es kam öfters vor, daß ich Geschichten über ihn im Privatkreis zum besten gab. Die allgemeine Reaktion war dann grundsätzlich die, daß man mir nterstellte, ich hätte dies erfunden. Oder es hieß einmütig: "Das gibt es nicht, das kann keiner tun!"

Ich möchte kommentarlos darüber weggehen. Erfunden ist bestimmt nichts. Vielleicht etwas ins Positive gedreht, denn wir wollen bei diesen nun folgenden Geschichten wenigstens leicht schmunzeln.

Der Seiltrick

Irgendwann fuhren wir nach Bochum, wie so oft. Hotel Oekey an der Universitätsstraße. Wir bekamen unsere Schlüssel. Er erster, ich zweiter Stock. Wir gingen gemeinsam nach oben, da kein Aufzug vorhanden war. Im ersten Stock spielte sich folgendes Gespräch ab: "Halt, wo ist das Fenster ?"

'Was für ein Fenster ?"

"Das Fenster für die Flucht!"

Ich bin bestimmt nicht der Langsamste, aber jetzt stand ich voll auf dem Schlauch. Ich verstand, wie man so schön sagt, nur Bahnhof.

"Also, was ist jetzt los, ich versteh' Sie nicht!"

Ohne etwas zu sagen machte er seine Aktentasche auf, holte ein gewickeltes Nylonseil heraus.

"Das müssen Sie immer mit haben! Wie wollen Sie denn flüchten?"

Ich muß ziemlich bescheuert ausgeschaut haben, so daß er sich zu folgender Erklärung herabließ:

"In einem Hotel suche ich immer das beste Fenster zum Abseilen, es könnte ja einmal brennen. Sollten Sie auch immer mithaben!"

An und für sich bin ich selten sprachlos, aber diesmal war ich's. Ich ließ ihn stehen und begab mich in den zweiten Stock
- und dies ohne Nylonseil

Später habe ich mich oft gefragt, was der wohl im 30. Stock in Tokyo oder New York gemacht hätte. Wahrscheinlich wäre er mit einer Seiltrommel auf dem Buckel eingezogen.

Krumme Linien

Wenn er einen auf dem Kieker hatte, konnte er fies sein und dies in permanenter Art und Weise.

Wir hatten einen, ein Drittel Jugoslawe, ein Drittel Österreicher und der Rest Hesse. Mit dem hatte er es eine zeitlang. Wenn er Listen brauchte - und Listen brauchte er viele - dann war Josef oder Seppl, wie wir ihn nannten, dran.

Er mußte Listen in allen Variationen zeichnen und mit Tusche, korrekt und gerade, darauf legte er Wert.

Dem Josef stank dies gewaltig, und er wußte ebenfalls, daß es Schikane war. Jeder andere hätte diese Lehrlingsarbeit auch tun können und zum Strichziehen einen teuer bezahlten Planungsingenieur zu verwenden, ist leicht abartig. Aber er wollte seine Listen mit Strichen von Josef, und er bekam sie von Josef. Bis zu diesem bewußten, denkwürdigen Tag.

Ich ging gerade durch die Abteilung, er stand bei Josef und diskutierte mit ihm lautstark.

"Kommen Sie mal her", sagte er zu mir.

"Schaun Sie sich mal diese Liste an - sind die Linien gerade oder krumm ?"

Ich bekam Augen wie Weihnachtskugeln, lauter krumme Linien. Ich schaute Josef an, - Pokergesicht. Ich schaute den erhabenen Chef an, - Verwirrung. Er zweifelte an der Menschheit.

Was sollte ich tun ? - Gab ich Josef recht, war ich ein Depp. Gab ich ihm recht, dann --- oder ?

"Also die Linien sind total krumm!"

"Na, haben Sie es gehört?"
und dann, ich traute meinen Ohren nicht, Josef: "Die Linien sind gerade!"
"Krumm!"

"Gerade!"

"Krumm, was sagen Sie dazu ? Der hat kein Augenmaß, für mich macht er keine Listen mehr!"

Schwupp, weg war er mit seiner Liste mit den krummen Linien. Ich schaute hoch und blickte in ein grinsendes Gesicht. Der Mund war doppelt so breit wie sonst.

Da ging mir ein Licht auf. Unser Josef, ein Drittel Jugoslawe, ein Drittel Österreicher und der Rest Hesse, hatte ihn voll aufs Kreuz gelegt.

Mein einziger Kommentar: "Du Schlitzohr!"

Später wußte ich, warum in Wien am Ostbahnhof der Balkan beginnt. Josef war weit hinter dem Ostbahnhof geboren.

Übrigens, Josef hat nie mehr Listen zeichnen müssen, aber ein anderes Opfer hat unser lieber Chef gefunden, doch der war bei weitem nicht so clever, wie Josef.

Ein Glas Milch

In der Bochumer Aufbauzeit, Anfang der sechziger Jahre fuhren wir oft mit dem Zug zu den Besprechungen. Rückfahrt war dann so gegen 18.00 Uhr von Bochum Hauptbahnhof.

Als treuer Vasall meines Herren, ich war damals neu im Geschäft, trottete ich neben ihm in eine Kneipe neben dem Bahnhof.

Rauchgeschwängert, drei Reihen Kumpels am Tresen, jeder ein Bier und einen Klaren vor sich. Die Jungs diskutierten, wie dort üblich, lautstark. Sie entschieden gerade, ob Rußland gegen China Krieg führen sollte. Sie veränderten in diesem Moment die Weltpolitik.

Ich muß zum Verständnis vorausschicken, er hatte damals schon die ersten Ansätze zum Vegetarier. Später wurde er zum permanenten Rohköstler.

Wir quetschten uns seitlich an den resen, die ollbusige Wirtin hatte uns sofort gesichtet und schoß auf uns zu; reines Gelsenkirchener Barock:

"Wat kann ich für sie tun ?
Wat wolln Se trinken ?"

"Ein Pils", das kam von mir.
"Ein Glas Milch", das kam nicht von mir.

Plötzlich war es in der Kneipe ruhig. Von wegen ruhig, mucksmäuschenstill. Kein Krieg Rußland gegen China.
Nicht Schalke gegen Dortmund.

Es gab in diesem Moment keine Weltpolitik mehr, die zu verändern war. Alle, einschließlich der vollbusigen Wirtin, starrten auf uns. Ich versuchte mich klein zu machen. Die Wirtin war sprachlos und das wollte was heißen.Milch in dieser Kneipe. Das war so, als würde einer in Mekka das Vater Unser beten, oder im Freudenhaus nach einem Priester fragen.

Aber dann, der Busen der Wirtin wurde doppelt so groß wie vorher.

Wat wolln Sie ham ? Milch ?
Ein Glas Milch ?
Habt ihr das gehört, Jongs ?"

Daß ich mein Bier nicht bekam ist klar, aber das Glas Milch bekam er auch nicht und wir verließen fluchtartig das Lokal. Dies unter dem Gelächter der Kumpels.

Unverständlich für mich war, daß mein guter Begleiter sich auch noch im Recht fühlte.

"Die sollten gesünder leben, dann werden sie auch älter!" war sein Kommentar.

Um wieviel älter? Meine Frage und keine Antwort.

Unternehmen Hundehütte

Hunde sind in einer Großfirma wie der unseren nicht üblich. Aber sie werden sich wundem. Außer Ratten und Mäusen gibt es auch Haustiere.

Im CKD-Versand gab es jahrelang Katzen, von jedem geduldet, aber illegal, denn man kann Katzen nicht auf die Lohnliste oder ins Budget nehmen. Obwohl sie in diesem Falle sehr nützlich waren, denn sie verhinderten die Ausbreitung eben dieser bereits erwähnten Ratten und Mäuse.

Daß es in unserem Konzern auch Hunde, scharfe Schäferhunde gibt, ist wohl den wenigsten bekannt. Sie stehen offiziell im Budget der Werkswache und haben den Zweck, bei nächtlichen Streifgängen mögliche Zaunübersteiger zu orten und an kriminellen Taten wie Ausbau von wertvollem Zubehör zu hindern.

Ob heute noch Hunde im Einsatz sind weiß ich nicht, aber Ende der fünfziger, Anfang der sechziger Jahre gab es eine speziell ausgebildete Hundestaffel, die im äußersten Gelände stationiert war.

Bei Neuplanung des Werkes Bochum sollte dort ebenfalls etwas Ähnliches eingerichtet werden. Unser bereits erwähnter damaliger Chef, der gelinde ausgedruckt etwas sonderbar war, hatte den Auftrag diese Planung durchzufahren.

Genau wie er war, informierte er sich beiHundezüchtern, dann bei Vorsitzenden von Hundevereinen und als Krönung besorgte er von der Opei-Werksbücherei drei dicke Schwarten über Hundezucht.

Dann brauchte er nur noch ein Opfer, das sich mit dieser Materie bis zum letzten Nagel befassen mußte.

Gefunden hatte er dieses Opfer schnell, und im Augenblick war ein neuer Sonderauftrag erteilt, denn Sonderaufträge waren seine Spezialität. Ob Vermessungen in den schmutzigsten Ecken oder Zählungen von Spinden, Toiletten, Männlein, Weiblein oder sogar Fahrrädern, darin waren wir Spitze.

Wir hatten auch sonst nichts zu tun, wir planten lediglich ein neues Karosserie- und Chassiswerk und waren leutemäßig schwächer besetzt als heute.

Wer solch einen Sonderauftrag bekam, wurde sofort von der normalen Planungsarbeit befreit und konnte sich voll und ganz dem neuen Arbeitsgebiet widmen. Es war somit sein eigenes Projektteam.

Das neueste Projektteam hatte also die Bezeichnung "Unternehmen Hundehütte" und lief unter Priorität eins.

Ein Opfer war schnell gefunden. Ein Neuer, erst ein halbes Jahr in der Abteilung, also willig und ein Mann, der bestimmt kein Widerwort geben würde, selbst wenn er kleine grüne Männchen an die Wand malen müßte. Wer gab damals schon Widerwort. Teamkonzept, Humanisierung der Arbeit oder Gruppenarbeit ? - alles Fremdwörter.

Also unser Neuer, Leo hieß er, war dazu auserkoren.

Drei dicke Bücher auf den Tisch. Ein Vortrag von einer Stunde Ober die Psyche von Schäferhunden im allgemeinen, sowie dem Bau von Hundeunterkünften im besonderen, war das nächste. Und als Folge davon der Auftrag, umgehend im Gelände die vorhandene Unterkunft der Hundestaffel bis ins letzte Detail zu vermessen.

Der Kandidat durch den besonderen Auftrag des höchsten Vorturners, die Bücher und den Vortrag schon leicht entnervt, machte sich auf die Socken. Wohlgemerkt, Socken, kein Fahrrad, kein Auto, nichts gab es damals, und die Hundeunterkunft war dort, wo heute der neue Verladebahnhof ist, also ganz weit draußen.

Doch Freund Leo, sportgestählt 23 Jahre jung, gut zu Fuß marschierte los. Bewaffnet mit Skizzenblock, Metermaß und Bleistift. Ein Wintertag wie gemalt, fast -10° Celsius. Doch unser jungen Mensch, frohgemut mit einem Sonderauftrag im Rucksack konnte nur gewinnen. Endlich die Chance sich zu profilieren.

Das eingezäunte Terrain mit den Hundehütten war bald erreicht. Keine Hunde, alles leer, Türe offen. Nun ja umso besser, man konnte ungestört messen und skizzieren. Die Sache lief wie geschmiert, fast fertig.

Da ein bestienartiges, wildes Gebrüll, zwei sich wie tollwütig gebärdende, riesige Schäferhunde hingen außen, wohlgemerkt außen, am Drahtzaun des Hundezwingers und versuchten den einsamen Planer innerhalb zu killen.

Zum Glück unseres Freundes Leo ging die Tür des Zwingers nach außen auf und da die Hunde von außen dagegensprangen, schlug sie somit zu.

Heute lachen wir drüber, doch er war damals dem Herzinfarkt nahe, zumal er als Kind von so einem Vieh gebissen worden war und seit dieser Zeit um jeden Hund einen großen Bogen zog.

Da stand er nun, unser Planer Leo mit seinem Sonderauftrag und seinem Skizzenblock, die Hose voll bis oben hin. Das letztere nur bildlich gesehen und draußen hingen zwei wilde Bestien in der Mittagssonne am Gitter.

Da kam ein wachsbleicher "Grüner" Werkschutzmann angekeucht und sah die Bescherung:

"Mann! Was machen sie da drin?",

war alles was er sagen konnte.

"Das sehn Sie doch, ich messe."

"Aber doch nicht hier. Was glauben Sie, was die zwei mit Ihnen gemacht hätten, wenn die Tür nach innen aufginge ?"

"Mann, das ist mir klar, bringen sie die Viecher hier weg. Ich will endlich raus".

Nun, unser Sonderbeauftragter war gerettet. Er soll auch sehr schnell ins Büro zurückgekehrt sein. Die Zeichnung wurde erstellt, und er bekam ein dickes Lob von unserem etwas sonderbaren Chef.

Sie wollten wissen, ob die Hundeunterkünfte gebaut wurden? Nicht in der von unserem Leo gezeichneten Form.

Denn als wir die Zeichnungen an Werksanlagen zur Ausführung gesandt hatten, kam umgehend ein Schreiben von dem dortigen Chef persönlich verfaßt mit ungefähr folgendem Wortlaut:

Die gezeichneten Hundeunterkünfte wären viel zu aufwendig. Man könnte sie, man höre und staune, als "Hundehotels" bezeichnen. Man würde Hundehütten bauen und nicht solche teuren Unterkünfte.

Das hat man nun davon, wenn man unter Lebensgefahr Sonderaufträge ausführt.

Übrigens geht das Gerücht um, daß unser Planer Leo seit diesem Erlebnis allergisch gegen Chefs ist, die Sonderaufträge verteilen und außerdem noch größere, vielgrößere Bogen um Hunde jeglicher Art macht.

WIENER IMPRESSIONEN

Als wir Ende der sechziger Jahre begannen in Wien unser neues Chassiswerk zu planen, hatten wir so unsere Probleme. Ob mit der Wiener Mentalität oder dem Tempo auf der Baustelle.

Ein beliebter Ausdruck war damals:

"Nur net heezen!" (Nur nicht hetzen!)

Also nur keine Hektik, doch wir mußten wohl oder übel ranklotzen, denn der Produktionsstart war das letzte, was General Motors verschieben würde.

Trotz dieser wilden und hektischen Zeit, gab es immer wieder etwas, worüber man lachen konnte. Auch wenn es zu Anfang nicht danach aussah.

Waschpulver Terminals

Das Bürogebäude von Wien ist heute noch ein Symbol mit seinen acht Türmen. Obwohl es zu Anfang nicht danach aussah, daß wir sie überhaupt bekommen würden.

Der Architekt, eine der fahrenden Bauplanungsfirmen im Wiener Raum, trug uns seine architektonische Meisterleistung in Plänen, Bildern und natürlich charmanten Worten vor.

Nun, ich weiß eines, es ist ja immer schwierig als Architekt Dinge zu verkaufen, die man nicht unbedingt benötigt. Und somit wird dann der Ausdruck

"architektonisch bedingt"

benutzt.

Für mich ist das ungefähr das gleiche, wenn ein Arzt sagt:

"Das ist vegetativ bedingt"!
Dann weiß er nämlich auch nicht mehr weiter.

Nun unser Freund von dem Architekturbüro, nennen wir ihn Herr "M", gebrauchte diesen Ausdruck an diesem Tage des öfteren. Ob er auch nicht mehr weiter wußte?

Doch die acht Türme des Bürogebäudes waren nicht architektonisch bedingt. Die verkaufte uns Herr M. viel geschickter:

"Diese acht Türme sollen die Kraft und die Stärke von General Motors zum Ausdruck bringen!"

Donnerwetter, das war ein Ding. Ich schaute in die Runde. Nur glänzende Augen, soviel Kopfnicker hatte ich noch nie an einem Tisch gesehen.

Die glänzendsten Augen hatte Helmut Nr. 1 und Helmut Nr. 2 strahlte und strahlte. Und dann kam es; es kam die banalste Frage, die man sich vorstellen kann. Sie kam von unserem damaligen Projektleiter:

'Würden Sie diese Türme auch einer Waschpulverfirma verkaufen?"

Die berühmte Nadel wäre beim Aufprall zu hören gewesen. Wo der den Mut hernahm ?
So konnte nur ein Masochist fragen.

Aber Herr "M" war clever:

"Niemals! So etwas kann ich nur einer Weltfirma wie General Motors anbieten."

Nun, es wurde hingenommen. An dem Tag hätte man auch die doppelte Anzahl von Türmen geschluckt.

Aber Herr "M" wollte nur acht Türme und die acht Türme wurden gebaut und stehen heute noch.

Ein halbes Jahr später fuhr ich durch Wien und kam an einem Versicherungsgebäude vorbei. Ja, was sah ich? Türme, genau die gleichen, wie wir sie hatten.

Nun ja! Nach meinen Erkundigungen: Der gleiche Architekt, Herr "M" und Partner.

In Österreich gibt es den Ausdruck:

„In Wien am Ostbahnhof fängt der Balkan an...

Ich nehme an, daß Herr „M" hinter dem Ostbahnhof geboren wurde.

Ach, sie wollen wissen, für was die acht Türme gut sind.

Nun ja! Sie sollen die Kraft und die Stärke von General Motors zum Ausdruck bringen. Doch noch etwas, sie sind als Fluchttreppenhäuser vorgesehen, wenn es einmal brennt. Irgend wann einmal brennt. Und natürlich zum Abstellen von gewissen Dingen, die keiner mehr benötigt.

Die Entlassung

Unserem oben erwähnten Freund Herr „M" von dem bewußten Wiener Architekturbüro hatte ich es zu verdanken, daß ich nach 30 jähriger Firmenzugehörigkeit entlassen wurde, wenn auch nur temporär.

Diese Bäckerburschen von der Firma „M“ hatte nicht nur acht Türme gezaubert. Sie wissen, die mit der Kraft und der Stärke...

Nein sie hatten auch Gebäudesäulen gezaubert, immer da, wo wir sie nicht gebrauchen konnten. Gebäudesäulen und nochmals Gebäudesäulen.

Helmut Nr. 1, unser höchster Chef, hatte von unseren Problemen Wind bekommen und ließ uns mit Helmut Nr. 2 antanzen.

Wir trugen das Problem vor. Da plötzlich war es geschehen. Helmut Nr. 2 saß dabei mit rotem Kopf und roten Ohren. Er rang die Hände und war ziemlich geschafft.

'Wieso können Sie sich derartige Säulen bieten lassen ?"

"Wer sowas schluckt gehört entlassen!"

Ein paar Widerworte meinerseits.

"Sie sind entlassen!"

Helmut Nr. 2 war jetzt am Rande eines Nervenzusammenbruchs.

Ich stand auf, packte meine Pläne zusammen und wollte den Raum verlassen.

"Wo wollen Sie hin ?"

"Ich bin soeben entlassen worden und ich gehe jetzt." Helmut Nr. 2 war am Ende, er stammelte nur noch: "Ewald! Ewald!"

"Ich bin entlassen worden und gehe jetzt."

"Mein Gott! Stellen Sie sich nicht so an. So war das nicht gemeint. Setzen Sie sich wieder auf Ihren Allerwertesten."

Dies kam von Helmut Nr.1.

Und somit ging die Verhandlung in ruhigem und sachlichem Ton weiter.

Ich wurde wieder eingestellt. Die Gebäudesäulen blieben. Wir planten eben drum herum.

Und das Architekturbüro "M" gibt es immer noch.

Der Herr Hofrat

Wir hatten damals nicht nur unsere Probleme, sondern mußten noch sehr viel hinzulernen. Ganz besonders in Hinblick auf, so wie ich es nennen möchte, das Titelsyndrom meiner Österreichischen Freunde.

Es gab in Wien, und dort mußten wir die sogenannten Behördengespräche führen, alle möglichen Räte. Jeder dieser Räte legte natürlich äußersten Wert darauf, daß er nicht nur mit Herr, sondern mit Herr Hofrat angeredet wurde.

Da wir nun etwas von den Behörden wollten, mußten wir das Titel-Spiel natürlich mitspielen. Zu Anfang gab es wohl Schwierigkeiten, doch später, als wir feststellten, daß dies auch nur Menschen sind, lief die Zusammenarbeit verhältnismäßig gut, und dies trotz Titelsyndrom.

Es gab und gibt wirklich die sonderbarsten Titel, dies fing an beim Hofrat, auf den werde ich später noch eingehen. Dann der Kommerzialrat, Senatsrat, Baurat, Gewerberat und bestimmt noch mehr Räte, die mir allerdings nicht bekannt sind. Böse Zungen haben damals behauptet, es gäbe sogar den Titel Sexualrat. Mir ist allerdings keiner begegnet. Vielleicht bin ich in den falschen Kreisen verkehrt.

Ein kleines Erlebnis am Rande charakterisiert die Titelsucht in Österreich. Wir hatten in der Nähe von Klagenfurt bei Voest Gespräche zu führen über eine Übernahme von Fertigungen, als mitten in der heißesten Diskussion mein Gesprächspartner zu mir sagte:

"Sans Ing ?"

Er sprach das Ing. mit einen "K" aus.

Ich muß ein sehr doofes Gesicht gemacht haben, was mir auch nicht schwer fällt.

"Sans Ing ?"

Ein zweites Mal!

"Entschuldigen Sie bitte, ich weiß nicht was Sie meinen":

"Ob Sie Inschinör san, maan i!" (Meine ich)

Endlich hatte ET. kapiert. Ob ich Ingenieur sei?

Hatte ich ein Glück, daß ich die Frage mit ja beantwortet konnte. Der Gute hätte wahrscheinlich die Verhandlungen abgebrochen oder einen anderen Partner verlangt.

Leute kommt Ihr nach Österreich, schreibt einen Titel auf die Visitenkarte, oder laßt Euch einen einfallen.

Nun zu Herrn Hofrat. Nennen wir ihn Meyer mit EY. Er kam vom Gewerbeamt oder Gewerbebehörde. Bei uns in der BRD gleichzusetzen mit dem Gewerbeaufsichtsamt Also ein sehr wichtiges Amt, ohne das nichts läuft.

Ämter gibt es genug in Wien oder Behörden. Ich lernte einige kennen, von der Baubehörde über die Kanalbehörde, Gewerbebehörde bis zur Feuerbehörde und Umweltbehörde. Jede dieser Behörden hielt sich für wichtiger als die andere.
Und für am wichtigsten hielt sich unser Hofrat Meyer mit EY.

Da ich so meine Erfahrungen gesammelt hatte, stimmte ich mich vorher mit unserer Mannschaft ab:

"Leute um Gottes willen, wenn der Hofrat Meyer nächste Woche drei Tage bei uns sein wird, muß jeder seinen Plan selbst erklären, also verkaufen. Wir sollen die Genehmigung haben. Denkt daran! Bitte nicht Herr Meyer sagen, sondern Herr Hofrat Meyer. Bitte !"

"Ja, Chef!" sagte einer und grinste hinterhältig. Die glaubten wirklich, ich hätte ein Porzellansyndrom, also nicht mehr alle Tassen im Schrank.

Der Tag kam, die Sonne ging auf und mit ihm oder mit ihr kam Herr Hofrat Meyer. Eine graue Maus mit Schlapphut und Humphrey Bogart-Mantel. Aber weit entfernt von Humphrey, im Gegenteil, eben graue Maus.

Doch man soll seine Partner nicht unterschätzen, er gab uns Saures. Er wollte uns zeigen wo der Bartl den Most holt. Frech wie Oskar, er verriß uns alle Pläne, sie waren einen Dreck. Wir konnten nur noch mit den Zähnen knirschen und Herr Hofrat sagen, was Gottseidank auch gelang.

Ich brauchte drei Tage um ihn einzufangen, denn wir wollten ja die Genehmigung.

Am dritten Tag, nachdem wir ihn am Abend vorher mit Wein aufgefüllt hatten, war er zu 75% auf unserer Seite. Der Rest sollte im neuen Werk in Kaiserslautem durch Anschauungsunterricht besorgt werden.

Wütend war ich trotzdem auf ihn, so viel Frechheit war mir lange nicht untergekommen.

Wir fuhren zu dritt nach Kaiserslautern, anschließend mußte ich ihn noch auf Rhein-Main abliefern, da sein Flugzeug nach Wien ging.

Die restlichen 25% hatten wir schnell eingefahren.

"Jo, mei! Wenns ihr so baut und einrichtet; dann hob i (ich) nix dagegen".

Auf der Rückfahrt ritt mich der Teufel. Der Herr Hofrat war Beifahrer mit Schlapphut und Humphrey Bogart-Mantel.

Autobahnauffahrt Kaiserslautern, normales Tempo. Dann ab Wattenheim volle Pulle 180 KM/h, 200 KM/h. Mein Herr Hofrat wurde erst blaß, dann grün und grau im Gesicht.

"Bittschön fahrens net so schnell".

"Wieso, Herr Hofrat'? Das ist normal!" Grünstadt, immer noch 180/200 KM/h.
"Sie fahren jo Ober 200!"

Er rutschte immer mehr nach vorne, der Hut lag auf demBoden. Er konnte nur noch fast übers Armaturenbrett schaun. Von wegen frech zu uns.

Viernheimer Kreuz, Darmstadt, dann endlich Rhein-Main.

Abflughalle "B", Internationale Flüge, mein Herr Hofrat war plötzlich weg, ohne Hut und ohne Gepäck. Nichts wie weg von diesen Irren, die 200 KM/h fahren.

"Herr Hofrat! Ihr Gepäck, Ihr Hut!"

Mein Gott der arme Mann war vollkommen verstört. Nicht alles, daß er überkreuz lief, wie ein Volltrunkener.

Zu Ihrer Information, er hat seine Maschine bekommen und ist auch heil und gesund in Wien angekommen.

Wir hatten später noch oft miteinander zu tun. Er ließ mir sogar Grüße ausrichten. Doch zu mir ins Auto ist er nie wieder gestiegen.

Mein Herr Hofrat Meyer mit EY.

STRASBOURG

Als wir das Werk Strasbourg erstellten, dies war Ende der sechziger Jahre, kamen wir alle, die damit zu tun hatten, in ein gewisses Neuland. Wir hatten wohl vorher Bochum und Kaiserslautem installiert, und in Rüsselsheim größere Erweiterungen vorgenommen, doch in Strasbourg kamen zwei neue Aspekte hinzu:

Wir waren einmal im Ausland, in Frankreich, tätig und sollten ein neues Produkt einführen, ein automatisches Getriebe.

Unser Werksingenieur, Helmut Nr. 1, wollte sich mit diesem Werk natürlich profilieren. Es sollte für die damalige Zeit, die modernste Baustelle, das modernste Werk und die modernste Fertigung

Es wurden wirklich nur Spitzenleute dorthin geholt, man sparte an nichts. Wir wurden zu einer Projektgruppe zusammengefaßt. Die Oberleitung hatte Freund Ernst, wir nannten ihn "Mon General", weil er einfach seinen Kommisston nicht ablegen konnte und gerne schrie.

Es kam natürlich, fern von der Heimat, da verschiedene sich austoben wollten und konnten, zu gewissen Vorkommnissen, die man weiter nicht aufrühren sollte. Doch es gab auch Dinge am Rande und über die wollen wir lachen oder schmunzeln.

Der Kiestransport

Wie ich eingangs bereits erwähnt habe, war unser Helmut Nr.1 sehr stolz auf die modernste Baustelle Europas. Er legte äußersten Wert auf die besten Arbeitsmittel der Auftragnehmer. Bei den Baubegehungen konnte er fuchsteufelswild werden, wenn in irgendeiner Weise auf rückständige Art und Weise gearbeitet wurde. Im Grunde genommen hätte es ihm gleichgültig sein können, denn fast alle Auftragnehmer arbeiteten in Pauschalaufträgen, die wenigsten im Lohn. Doch für ihn standen die Termine im Vordergrund und natürlich "die modernste Baustelle Europas".

In unseren zweiwöchentlichen Baubesprechungen kam dies immer wieder zum Ausdruck: "Modern Arbeiten! Modern Arbeiten".

Bauleute sind nun ein besonderes Völkchen, Schlitzohren wie sie im Buche stehen. Als unser Helmut Nr. 1 immer wieder und immer wieder sein Lied sang von der modernsten Baustelle, kam eines dieser Schlitzohren auf eine schreckliche Idee.

Alle zwei Wochen war wie bereits erwähnt Baubesprechung vor Ort. Helmut Nr. 1 kam immer so gegen neun Uhr, um vor dieser Besprechung noch eine Baubegehung durchzuführen. Dies war dann immer die Stunde der Wahrheit, wo Männlein zu Weiblein wurden und die roten Ohren satzweise verteilt wurden.

Am nächsten Mittwoch gegen neun Uhr wartete ein einsamer Bauer aus dem Elsass mit seinen zwei Pferden, armseligen

Mähren kurz vor dem Zusammenbrechen, mit einer Fuhre Kies, auf seinen großen Auftritt.

Dann ein Ruf wie Donnerhall, Rauchzeichen allüberall, Buschtrommeln:

"Er kommt!"

Auf Hessisch natürlich: "Er kimmt!"

Und Helmut Nr. 1 kam.
Und was kam ihm entgegen, auf seiner, seiner modernsten Baustelle Europas? - ein Schandfleck, ein Makel, eine Zumutung, totaler Horror!

Ein Freudenmädchen im Vatikan wäre bei weitem nicht so schlimm gewesen. Aber dies, der Ausbund von Schwachsinn.

Rote Ohren, er kaute auf belden Backen und knirschte mit den Zähnen vor Wut.
'Wer hat diese Fuhre Kies beauttragt ?"
'Wer, wer, wer?"

Doch dieser 'Wer' wurde nie gefunden. Unser Helmut regte sich wieder ab und das Bäuerlein lud seinen Kies ab, auf der modernsten Baustelle Europas.

Das Länderspiel

Zu dieser Zeit fand in Basel Mittwochs ein Länderspiel gegen die Schweiz statt. Von Strasbourg nach Basel ca. eine Stunde Fahrtzeit Also nichts wie hin, Abwechslung ist gut, man kann nicht jeden Abend einen heben.

Ohne Eintrittskarten, aber wir kommen schon rein! Stadion war ausverkauft. Sie kamen rein aber wie. Autos irgendwo in Basel abgestellt, langer Fußmarsch. Tore dicht. Was jetzt?

Mir wurde es nur erzählt, ich war nicht mitgefahren. Sie stürmten von der Rückseite durch Schrebergärten und über Zäune ins Stadion. Ein verzweifelter Schrebergärtner, dem sie den Garten ruinierten, beschimpfte sie erst, als das nicht half, bewarf er sie mit Mist, der fürchterlich stank.

Das meiste bekam "Mon General" ab. Etwas sehr korpulent, nicht der schnellste, konnte er dem wütenden Gärtner nicht entkommen.

Er soll so penetrant gestunken haben, daß er trotz Überfüllung des Stadions einen bequemen Stehplatz für sich inne hatte.

Übrigens sie kamen erst frühmorgens am nächsten Tag in Strasbourg an und mußten sofort ins Werk zur Arbeit.

Der Grund ?'- sie suchten über fünf Stunden die Fahrzeuge, da sie nicht mehr wußten, wo sie abgestellt waren.

Ob "Mon General" mit den anderen im Wagen fuhr oder alleine, ist nicht überliefert. Ich meine wegen des Gestanks.

Schön Trinken!

Die Betonung liegt auf schön, nicht auf trinken.

Haben sie in Baden schon einmal den schmutzigen Donnerstag erlebt ? Ich sage ihnen die Leute können feiern, ich habe dort Dinge erlebt, daß ich glaubte die Bühne mit der Kapelle stürzt ein.

Fastnacht bei uns ist dagegen ein Treffen der Heilsarmee. Doch ich möchte nicht zu viel ausplaudern. Wir hatten schon einige Lokale hinter uns, einige Gläser intus und einige Tänze gedreht. Wir waren sogar in den größten Saal verbilligt hineingekommen, weil unser ältester, Frank hieß er, behauptete er wäre Schullehrer und wir seine Kinder. Geglaubt hatte es ihm keiner, doch die Leute verstehen Spaß und ließen uns als erwachsene Schulklasse zum halben Preis durchgehen.

Morgens um drei hing ich an einer Bar, total zu. Da kam eine auf mich zu, rothaarig. Da stimmte alles, dachte ich. Wir tranken einige zusammen und die Dame wurde immer schöner. Plötzlich waren die Haare samtweich, das Gesicht immer ebenmäßiger, der Busen immer voller, einen Teint hatte die Haut und sonst umwerfend, die Dame.

Doch alles geht zu Ende, morgens hatte ich einen Kater, kam zwei Stunden zu spät ins Werk. Unser höchster Boss, Klaus wartete schon auf mich. Ich murmelte etwas von Erkältung, er grinste nur.

Ich glaube, nur vom Ansehen meiner Person konnte man schon Alkoholvergiftung bekommen. Mittags erzählte ich dann meinem besten Kumpel von dem Rasseweib mit ihren Vorzügen. Er gab mir keine Antwort, scheinbar war er auch noch halb besoffen.

Doch drei Tage später war mir klar, warum der Schuft so stumm gewesen war. Ich wußte dann auch, daß man Frauen schöntrinken kann.

Die bewußte Lady lief mir zufällig Ober den Weg und strahlte mich an. Mein Gott ich mußte krank gewesen sein. Nur mit dieser Frau gesehen werden, war schon Rufmord.

Armin Hary, zu dieser Zeit der schnellste Europäer, war weitaus langsamer, als ich auf der Flucht vor dem Rasseweib.

Seit dieser Zeit schaue ich mir alle Damen im nüchternen Zustand an oder saufe gar nicht.

Hotelservice

Wenn Männer längere Zeit unterwegs sind, dann kommen sie auf die verrücktesten Ideen. Wir wohnten damals nach einiger Zeit auf der Deutschen Seite im Hotel Europa.
Unten im Keller war eine große Bar und von dem Barkeeper erzählte man sich, daß er einen leichten Schlag hätte und seine Nächte nicht in seinem Bett verbringen würde, sondern anstelle des Bettes hätte er sich einen Sarg gekauft der ausgepolstert wäre, in dem würde er schlafen.
Ob es wahr ist weiß ich nicht. Wenn es nicht wahr ist, ist es wenigsten ziemlich makaber erfunden.

Nun in diesem Hotel hatte jeder sein Einzelzimmer. Zu dieser Zeit stellte man die Schuhe noch vor die Türe, damit sie nachts gereinigt wurden. Heute findet kein Hotel mehr jemanden, der derartige Arbeiten übernehmen will.

Heute gibt es natürlich die vielgerühmten Schuhputzmaschinen, bei denen hin und wieder braune Schuhe zu schwarzen werden.

Nun es war um die Fastnachtszeit, die Jungs kamen sehr spät ins Hotel. Überall standen Schuhe vor der Türe.

Mittags war ein Sonderangebot im Kaufmarkt gewesen und unser Freund Franz hatte eine große Tüte Apfelsinen gekauft. Großzügig wie er war, verteilte er in alle Schuhe jeweils eine Apfelsine, zum Schluß hatte er nur noch zwei Stück für sich.

Was er sich dabei gedacht hatte, weiß ich nicht, auf jeden Fall wollte er scheinbar als alter Pfadfinder ein gutes Werk tun. Ich stand am nächsten Morgen an der Rezeption, es war ein Freitag und wollte meine Rechnung bezahlten, als ein Herr zu dem Empfangschef hinter der Rezeption sagte:

"Also wissen sie, ich war schon in vielen Hotels, aber so einen Service habe ich noch nicht erlebt".

Der Herr von der Rezeption sagte:
"Wie meinen sie das ?"

"Ja, ich meine die Apfelsinen in unseren Schuhen. Das ist wirklich ein Service, der ist wirklich ganz toll".

Das Gesicht von dem Jungen hinter der Rezeption hätten sie sehen müssen. Er war total sprachlos, er wußte gar nicht von was der Kumpel spricht, der hat bestimmt gemeint, der hätte einen leichten Schlag.

Dies war der Service unseres Freundes Franz.

Die Erbs

Er hieß eigentlich Erwin, aber bekannt war er nur unter dem Namen Erbs. Er war Betriebsleiter, ein Mann wie ein Bär. Die Urgewalt eines Mannsbildes. Hilfsbereit bis zur Selbstzerfleischung.

Ich möchte ihn als den Typ "Trouble Shooter" bezeichnen, so wie wir sie nach dem Kriege in Mengen in unserem Betrieb hatten. Leider sind diese Leute fast alle ausgestorben oder nicht mehr verfügbar.

Man kann dieser Bezeichnung einen leicht negativen Touch geben, doch man sollte eines nicht vergessen, daß die Firma Opel nach 1945 von diesem Typ Leute aufgebaut wurde und heute das ist, was sie ist. Ganz einfach, ich behaupte man sollte diesen Leuten ein Denkmal setzen. Und ich möchte dies nun versuchen, auf meine Art, zum Andenken an unseren Freund Erwin.

Erbs war ein Fachmann vor dem Herrn und er war immer einer der Männer der ersten Stunde, wenn es darauf ankam etwas Neues aufzubauen, oder einer der Männer der letzten Minute, wenn es darauf ankam irgendetwas zum Laufen zu bringen, also einen Produktionsstart vorzunehmen.

Aber so wie er im Beruf war, war er auch privat. So versuchte er auch das Leben zu genießen. Alles was er tat, tat er vollkommen. Ob er arbeitete, ob er aß, ob er trank. Die Erbs hatte immer wieder Gewichtsprobleme, da er gern aß und trank was vor ihn kam.

Ich habe ihn eines Tages einmal erlebt. Es war zur Strasbourger Zeit. Da war er untergebracht in einer Kneipe in einem Nachbarort. Prinzipiell zu einem halben Wein ein Kirsch oder Zwetschgenwasser. Allein vom Zusehen schüttelte es mich schon, es wurde mir schlecht. Aber unser Freund Erwin schüttete alles in sich hinein. So kam es, daß er immer wenn ein halbes Jahr um war, wieder fast zwanzig Kilogramm zugelegt hatte, die mußten nun runter. So fuhr er dann jedes Jahr in Kur, die er meistens selbst bezahlte, um abzuspecken.

Nun zurück zu unserer Strasbourger Zeit. Erwin war damals für die Einrichtungsseite der sogenannte Koordinator. Damals gab es den Ausdruck noch nicht, man sagte ganz einfach "die Erbs machts", dann hat er es auch gemacht. Heute nennt man die Leute Koordinatoren.

Strasbourg war ja an und für sich ein gefährliches Pflaster und wenn die Jungs abends ausgingen, dann wurde halt zugelangt. Und er war mit einer Fliesenleger-Kolonne unterwegs, hatte eine schöne Kneipe ausgemacht, sie hatten gut gespeist und hatten auch einige getrunken. Sind vielleicht auch ein wenig laut geworden. Einer der Franzosen dort bezeichnete unseren Erwin als "Boch". Das schlimmste, was er sich erlauben konnte. Das Ende vom Lied war, daß von der Kneipe nichts mehr übrig war, sie war kurz und kleingeschlagen. Einige Franzosen lagen knock-out in der Ecke.

Und über eines wunderte sich unser höchster Chef, daß wir am nächsten Tag keine Fliesen verlegten, da keine Fliesenleger-Kolonne mehr verfügbar war. Nämlich unsere Freund, einschließlich der Erbs, saßen in Strasbourg im Gefängnis. Auf Kaution wurden sie dann freigelassen, allerdings wurde der ganze Spaß hinsichtlich der Einrichtung der Kneipe sehr sehr teuer. Er hat mit später einmal erzählt:

"Du kannst mir glauben, ich wäre besser nach Berlin geflogen und hätte dort einen draufgemacht, das wäre billiger geworden".

Nun so war unser Erwin, nein die Erbs.

Die Grenzgänger

Wir waren ja zu der Zeit in Strasbourg anfangs auf der französischen Seite untergebracht. Es war ein Motel direkt hinter der Grenze.

Die Jungs gingen sonderbarerweise wenn sie essen wollten, immer auf die deutsche Seite, da waren einige wunderschöne Badische Lokale, die waren Ihnen lieber als das vielgerühmte französische Essen. Und man höre und staune, sehr viel Franzosen kamen herüber auf die deutsche Seite um dort mit ihren Angehörigen essen zu gehen. Scheinbar war es doch mit der französischen Küche nicht so besonders weit her.

Und eines abends waren die Jungs mit dem Auto nach Kehl gefahren, dort wo der Erwin prinzipiell ein Glas Wein trank und ein Zwetschgenwasser obendrauf setzte.

Gemeinsam waren sie unterwegs mit unserem Freund Philipp von der Transportkolonne. Es wurde gut gegessen und natürlich auch eine "Kleinigkeit" getrunken. Es wurde später und später. Endlich gegen Mitternacht kam es zum Aufbruch.

Die Brüder hatten einige zuviel, sodaß Freund Leo, der noch nüchtern war, das Auto fahren mußte, die zwei Jungs lagen hintendrin. Einer über dem anderen. Erst die dicke Erbs und obendrauf der dicke Philipp.

Sie waren noch keine zwei Kilometer gefahren, dann fingen die beiden an zu schnarchen. Na ja dachte Leo, die schaffe ich schon rüber, irgendwie bringe ich sie nach Frankreich ins Motel. Aber da hatte er sich gewaltig geirrt.

An dem Abend hatte an der Grenze ein Zöllner Dienst, der keinen Spaß verstand. Der Zöllner kam raus, obwohl es spät in der Nacht war, es war Winter und verhältnismäßig kalt, unter null Grad. Er wollte auf jeden Fall die Pässe sehen.

Leo zeigte ihm seinen. Er wollte auch die Pässe der zwei Jungs sehen. Leo rüttelte und schüttelte die Beine, aber die waren nicht wachzukriegen, die schnarchten weiter, die waren ganz einfach ausgedrückt stockbetrunken.

Unser Zöllner ließ sich nicht erweichen, obwohl Leo versuchte ihm klarzumachen, daß die Kerle betrunken waren. Er wollte absolut den Ausweis sehen. Es war einfach nichts zu machen.

Leo fuhr das Auto auf den Parkplatz, ließ die zwei Jungs drin liegen und ging zu Fuß ins Motel. Am nächsten Morgen saßen die beiden quietschvergnügt am Kaffeetisch, und taten als sei nichts geschehen.
Es war ja auch nichts geschehen.

AUS DER PRAXIS

Daß in dieser Spalte, oder unter diesem Titel nur vier Geschichten zusammenkamen, ist für mich etwas traurig. Doch ich habe hin und her überlegt, es kam nicht mehr zusammen. Ich mußte lange nachdenken und kam zu dem Schluß, daß ganz gleich wo wir waren und was wir taten, unsere Mannschaft immer sehr stark gefordert wurde. Blättern Sie zurück oder achten Sie bei den späteren Abschnitten darauf, fast alle Geschichten oder Ereignisse spielten sich in der Freizeit ab.

Das ist für mich, und es sollte dies auch für den geneigten Leser sein, ein Beweis, daß tägliche Arbeit und Freizeit zwei unterschiedliche Dinge sind, die man unbedingt trennen sollte.

"Ei, was machen wir jetzt?"

Vor langer Zeit hatte ich einmal ein Buch in den Fingern, in welchem die Story eines Bautrupps beschrieben war. Dieser Bautrupp hatte anstelle eines Schachtes im Boden einen Schornstein erstellt. Ich hatte damals herzhaft gelacht und gedacht: "Gelogen, aber gut erfunden".

Daß bei Opel alles möglich ist, selbst das Gelegene und Erfundene, konnte ich nicht ahnen. Doch aus meiner Erfahrung hätte ich es wissen müssen:
Denn: "Bei General Motors ist immer noch eine Steigerung drin".
Wir hatten in Rüsselsheim Ende der siebziger Jahre die Zahnkranzfertigung für einen neuen Motor zu installieren. In der Fertigung war eine größere Grube für eine Härteeinrichtung integriert.
Zeitdruck wie immer, Ausführung am Wochenende durch eine Baufirma aus einem Nachbarort.

Begehung am Montag, die Maschine einschließlich Monteure war schon im Haus.
Zeitdruck wie immer.

"Sag einmal, was ist das für ein riesiger Betonklotz mitten in der Fertigung ?"

Sprachlose Techniker!
Sprachlose Ingenieure !
Sprachlose Monteure !

Immer größer werdende Menschenmengen.

Schmunzeln!
Gekicher!
Lachen!
Lautes Lachen!
Schadenfrohes Gabrüll!

Etwas später:

Sprachloser Bauleiter!
Sprachlose Baufirrna!

Zeichnung her, ganz klar Grube, kein Betonklotz.

Man stelle sich das Bild vor:

Chef der Baufirrna, aus dem Nachbarort, steht vor einem vollkommen sinnlosen Betonklotz, dreht eine Fundamentzeichnung in alle Richtungen. Drumherum lauter lachende, schadenfrohe Techniker, Ingenieure und Monteure.

Das einige, was dem armen verwirrten Chef einfiel: "Ei, was machen wir jetzt ?I

'Wegstemmen !"

"Ei, des kann ich doch nett mache! Des kost' doch mei Geld !"

'Wegstemmenl Grube betonieren, wir müssen installieren!"

Der arme Kerl, er tat mir wirklich leid. Rote Ohren, zitternde Hände, er war regelrecht verwirrt. Und nochmal:

"Ei, was machen wir jetzt ?"

Der sinnlose Betonklotz wurde weggestemmt, die Grube betoniert und die Maschine installiert.

Wer war schuld? - Der ausführende Polier hatte tatsächlich die Zeichnung auf den Kopf gestellt.

"Ei, was machen wir jetzt ?"

Leere Flaschen

Wenn hoher Besuch kommt ins Werk, möglichst aus USA, dann muß alles tiptop aufgeräumt sein. Die Fußböden, die Wände und Decken werden gestrichen und der Abfall kommt hinter eine Wand.

Früher hat man gesagt, man macht da sauber, wo der Herr Pfarrer vorbeigeht.

Bei uns ist es so, es wird da gereinigt und saubergemacht, wo die hohen Herren vorbeigehen.

Nun wir hatten damals in der Motorenfertigung neue Einrichtungen erstellt und es sollte Besuch kommen. Unser höchster Chef, es war Mr. W., wir nannten ihn ganz einfach Winnetou, war herumgegangen und hat natürlich geknurrt. Überall standen leere Flaschen.

Unser damaliger Projektleiter, oder heute würde man ihn Koordinator nennen, sagte zu einem Hiwi (Hilfswilligen): "Mein Gott, tu doch mal die Colaflaschen da oben weg".

Ich muß dazu sagen, da oben auf der Fensterbank standen vielleicht einhundertzwanzig Flaschen, aber nicht nur Colaflaschen, sondern auch Limonadeflaschen, Wasserflaschen, Bierflaschen.

Nun, unser guter Koordinator hatte geglaubt der Junge hatte das verstanden und alles ist o.k.

Der hohe Besuch kam und unser Freund traute seinen Augen nicht. Er hatte sich nicht mehr um die leeren Flaschen gekümmert. Der gute Junge hatte sämtliche Colaflaschen entfernt. Und alle anderen Flaschenarten stehen lassen.

Heute würde man sagen, das kommt davon, wenn man seine Anforderungen nicht richtig definiert.

Aber ehrlich, er hatte wirklich nur Colaflaschen gesagt.

Ingenieur Wichtig

In der frühkapitalistischen Zeit, so vor 1960, gab es einen Werksingenieur, das war ein Diktator vor dem Herrn. Selbst die ältesten Mitarbeiter ließ er gnadenlos strammstehen. Sie nannten ihn somit den "Ingenieur Wichtig".

Eines Tages hatten sie kurz vor dem Wochenende eine größere Fläche ausgehoben, um ein Gebäude zu erstellen. Als das Gebäude fast fertig war, sollte höherer Besuch kommen. Nun war von dem Gebäude natürlich alles durcheinander wie es auf einer Baustelle aussieht.

Unser "Ingenieur Wichtig" machte seine Ortsbesichtigung mit einem Rattenschwanz von Mitarbeitern hintennach, so wie er es immer tat, ran an die Baustelle und fing an zu brüllen:

"Am Wochenende kommt ein Besuch aus Amerika, hier muß Gras wachsen. Schönes Mönchbruch-Grün".

Mönchbruch ist ein Freizeitgelände in der Nähe von Rüsselsheim. Alle schauten sich perplex an und einer hatte dann den Mut, er hätte besser nichts gesagt:

'Wo sollen wir denn jetzt Gras herbekommen, wenn wir es einsäen, das wächst doch nicht so schnell".

"Morgen wächst hier Gras, ist das Klar! Und ich möchte Mönchbruch-Grün".

Er ließ die Meute stehen und schoß ab. Und der Rattenschwanz wieder hinter ihm her.

Sie werden es nicht glauben, am nächsten Tag wuchs tatsächlich Gras dort. Die Jungs hatten, dann wohl oder übel Grasflächen ausstechen und sie dann eben über Nacht dort einsetzen lassen.

Heutzutage kann man natürlich dieses Gras aufgerollt kaufen und es verlegen. Aber damals war so etwas noch nicht möglich. Nun "Ingenieur Wichtig" war eben wie immer seiner Zeit voraus.

Das Schlauchboot

Die Rüsselsheimer Werksfeuerwehr benötigte dringend ein Schlauchboot, da sie im Opelhafen hin und wieder zu tun hatte und es dort auch einmal zum Einsatz kommen konnte.

Der damalige höchste Chef, der bewußte "Ingenieur Wichtig", lehnte dies kategorisch ab.

"Ihr braucht kein Schlauchboot, das geht auch so, was soll im Hafen schon brennen?"

Doch eines Tages erwischte er die Mannschaft im Hafen mit einem vollkommen neuen Schlauchboot beim Üben.

Er ließ alle antreten, strammstehen und blökte sie an:

'Wer hat den Auftrag für das Schlauchboot unterschrieben ?"

"Sie persönlich, Herr Chef!"

Niemals, ich wollte kein Schlauchboot".

Auftragsformular wurde geholt und was stand da, mit der Unterschrift von Herrn "Ingenieur Wichtig":

1 Schlauch 30 m
1 Schlauch 60 m
1 Schlauch 45 m
1 Schlauchboot
1 Schlauch 120 m
1 Schlauch 80 m

Er mußte sich geschlagen geben und das Schlauchboot durften sie behalten.

NETTE MENSCHEN

Diese Spezies von Menschen habe ich überall gefunden, und ein lustiges Wort und ein Lächeln, schon ist ihr Gegenüber ein netter Mensch. Er verhält sich ganz anders, denn einem lachenden Opelaner kann man nicht böse sein.

Versuchen Sie doch einmal folgendes:

Telefonanruf, ein fremder Herr Müller oder Meier meldet sich. Sie sagen jetzt:

"Herr Müller! Ich grüße Sie!"

Mehr nicht. Sie haben den freundlichsten Gegenüber, den sie sich wünschen. Wirklich, probieren Sie es aus.

Und der Junge auf Schalke in der ersten Geschichte, der war später auch wieder nett, als Schalke gewonnen hatte. Bedenken Sie, auf Schalke ist Fußball kein Fußball, sondern eine sakrale Handlung.

Auf Schalke

Man wird sich fragen, was hat Schalke 04 mit Opel oder General Motors zu tun. Eigentlich herzlich wenig. Denn zu der Zeit als diese Story sich abspielte, dachte noch niemand bei Opel an das heutige Sportsponsoring. Doch wenn man sich im "Ruhrpott" aufhält, und dies taten wir Mitte der siebziger Jahre sehr intensiv. Wir hatten damals einen größeren Umbau und mußten monatelang präsent sein.

Jeden Tag in die Kneipe oder mit den gleichen Kollegen zusammen geht mir auf den Geist. Also war ich froh, als mein Freund Gustav sagte: "Gehst Du heute Abend mit "auf Schalke?"

"Wohin?"

"Auf Schalke! Issn Flutlichtspiel, die Eintracht kommt".

Für diesen spleenigen, vornehmen Klüngelclub vom Untermain hatte ich schon immer eine Schwäche. Also, ich hatte schon wieder etwas gelernt. Nicht zu Schalke oder zu den Schalkern, nein, man geht dort "auf Schalke". Ich sollte an diesem Tag noch mehr dazulernen. Was ein echter Schalker Fan ist, weiß alles über Schalke und ist auf alles vorbereitet.

Gustav war aus Gelsenkirchen, einige Kilometer von der berühmten Glückauf-Kampfbahn entfernt. Wir würden sagen, er ist ein Eingeplackter. Schalke spielte damals schon im neuen Parkstadion, weniger Atmosphäre als in der Glückauf Kampfbahn. Doch was stört dies einen echten Schalker Fan.

Eines muß man wissen, in Schalke ist Fußball kein normales Gekicke, dort ist Fußball eine sakrale Handlung. Und Schalke selbst kein normaler Verein sondern eine Weltanschauung. Fußball auf Schalke ist für den Kumpel Religion, Rauschgift, Sucht, Offenbarung, Liebe und Hass zugleich.

Ich mußte zwei Stunden vor dem Spiel bei Gustav sein, warum erfuhr ich sogleich. Ein echter Schalker geht erst in "die" bestimmte Stammkneipe. Man trifft sich, man kennt sich und man weiß alles über Schalke.

Warum die Zeh, die linke Zehe von Willi dick ist!
Warum der Trainer die Mannschaft nicht im Griff hat.
Warum die Flanken von Stan (Libuda) nicht mehr so kommen wie im letzten Monat
Daß der Mike bei Doktor Wenzelzur Behandlung war und daß dem Gerd seine Olle abgehauen ist und der Gerd deshalb und, und, und...

dazu noch ein Bierken und ein Körnken; damit wir die richtige Stimmung "auf Schalke" haben.

Wir kamen erst kurz vor Spielbeginn ins Stadion. Gustav Nr. 1 hatte an alles gedacht. Für jeden ein Sitzkissen, eine Decke, belegte Brote (Bütterken) und das wichtigste, die Thermosflasche mit Tee und Rum, viel Rum drin, denn Ende Mai wird es abends immer noch ziemlich kühl.

Lauter nette Leute um uns herum, tolle Atmosphäre, konnte ein schöner Abend werden.

Denkste, Gustav hätte mich warnen sollen. Fußball auf Schalke ist Religion. Später war ich klüger.

Zehn Minuten waren gespielt und dann passiert es. Die Eintracht schießt das 1 : 0. Eisige Stille um mich herum. Nur ich springe hoch, als alter Eintracht-Fan, schreie Toor, Toor, reiße die Arme hoch.

Und... Plötzlich hat mich einer der vorher so netten Leute, übrigens ein Schrank von einem Mann, am Kragen. Mir fiel fast das Gebiß aus dem Mund.

"Dat haste einmal jemacht!
Dat machste nicht noch mal"!

Gustav war starr vor Schreck.

"Mein Gott, wie kannste so was machen. Du bist doch hier auf Schalke!"

Stimmt, ich hätte es wissen müssen oder Gustav hätte mich vorher warnen sollen. Aber warum schießt die Eintracht auch ein Tor auf Schalke?
Wir hatten Glück, die Eintracht verlor 1 : 2, und die Leute um uns herum waren sehr nett, tolle Atmosphäre.

War ein schöner Abend "Auf Schalke"

Geschlossene Gesellschaft

Das "New Orleans" in Bochum, kennen sie diesen Schuppen, ein Kellerlokal. Das einzige Disco-Lokal in das sie noch zwischen vierzig und fünfzig gehen können, ohne daß einer brüllt:

"zurück in die Gruft!"

oder vielleicht nur ganz abwertend: "Gruftie".

Unser Mitarbeiter Hermann hatte sich ins New Orleans verirrt, weil es eben als Adresse galt für etwas Ältere und Hermann war schon etwas älter.

Der Laden war voll. Ich erzähle dies so wie er es etliche Male wiedergegeben hatte. Damen im Abendkleid und Herren im dunklen Anzug.

Was stört es ihn, unseren Freund. Ran an die Bar, sofort stand ein Glas Sekt vor ihm. Man, dachte er, ich habe doch nichts bestellt. Doch was soll es, noch ein Glas Sekt und noch eines. Die Leute um ihn wurden immer lustiger, dann wurde Essen serviert, was soll es, essen wir mit. Die Rechnung wird schrecklich.

Da saß einer neben ihm, und der war schon ziemlich high. Starrte ihn an und hatte ein leicht irres Lächeln im Gesicht. Plötzlich kam folgende Frage:

'Von welcher Niederlassung sind Sie?"

Freund Hermann war schon immer clever und reaktionsschnell, sowie obendrein ein ausgekochtes Schlitzohr. Er roch sofort den Braten, was da war:

"Geschlossene Gesellschaft!"

Ich bin mir nicht im Klaren, wer von uns so schnell reagiert hätte. Da er gebürtiger Franke war, kam wie aus der Pistole geschossen:

"Ich bin aus der Niederlassung in Nürnberg".

Von diesem Moment an, war er anerkannt und konnte essen und trinken, soviel er wollte. Er referierte über Umsatzzahlen, Personalprobleme und Absatzschwierigkeiten, daß die "Kollegen" nur so staunten.

Nach einer Stunde kam er erst dahinter, daß er bei einem Bundestreffen von "AGIP" gelandet war. Sie wissen und kennen den Slogan:

`Wir reißen uns für Sie hundert Beine aus".

Angeblich soll er mit seinen Vertriebskollegen Brüderschaft getrunken und eine Menge Einladungen erhalten haben, die er natürlich nie wahr nahm.

Doch immer, wenn wir zusammensaßen, kam irgendeiner auf ihn zu:

"Du Hermann! Erzähl mal, wie war das damals im "New Orleans?"

Und Freund Hermann erzählte mit grinsendem Gesicht immer wieder die Story von AGIP.

Das Richtfest

Kaiserslautem war unser zweites Werk nach Bochum, welches wir außerhalb Rüsselsheim planten und auch erstellten.

Damals war dies noch etwas besonderes, also riesiges Richtfest. Wir waren auch eingeladen. Ich selbst mußte als Fahrer fungieren, durfte also nichts trinken.

Im Wagen hatte ich zwei Führungskräfte. Der eine war Heinrich Nr. 1, der andere der kleine, dicke Karl. Beide von der Statur her so gestaltet, daß sie am besten das Essen vollkommen vermieden hätten.

Auf dem Richtfest konnte man essen und trinken soviel man wollte, eine Limitierung war damals nicht nötig und auch nicht beabsichtigt.

Meine zwei Mitfahrer schlugen zu wie die Scheunendrescher.

‚Halte du dich zurück, du mußt fahren..."

Nun beim Trinken war dies schon verständlich. Doch beim Essen?'

Aber andererseits war mir dies auch ganz gleich, da ich nie viel Verständnis für Leute hatte die essen und trinken ohne Maß, wenn es nichts kostet.

Auf der Rückfahrt lagen die zwei auf den Rücksitzen und schnarchten als hätten sie zwei Tage kein Bett gesehen.

In Rüsselsheim mußte ich die zwei wecken.

"Wo sind wir?"

"In Rüsselsheim."

"Fahr' uns zu der Fischern!"

Die "Fischern" war ein Lokal im Stadtteil Hassloch, in dem man sehr gut Essen und Trinken konnte.

"Was wollt ihr jetzt noch einmal in dem Lokal ?"

Dies war scheinbar eine naive Frage.

"Ei, wir wollen noch etwas Anständiges essen."

Mir ist bis heute noch nicht klar, warum das Essen beim Richtfest kein anständiges Essen war!

Friedrich

In den 50er Jahren hatten wir die verschiedensten Mitarbeiter, die uns später verließen und zu anderen Firmen gingen. Da war einer der hieß Friedrich, doch wir nannten ihn Fritz. Heute ist er bei einem anderen Automobilkonzern beschäftigt.

Unser Fritz, so wie es damals war, versuchte auf der Abendschule seinen Ingenieur zu machen. Heute ist das überhaupt nicht mehr möglich, aber zu der Zeit mußten viele, die nicht das nötige Geld hatten, tagsüber arbeiten und abends versuchen, sich weiterzubilden.

Fritz war ein sehr harter Bursche, außerdem hatte er im nahegelegenen Frankfurt wo er zur Ingenieur-Schule wanderte, noch eine Freundin, die wohnte etwas außerhalb. Hin und wieder schwänzte er die Ingenieur-Schule oder ging nach der Schule zu seiner Freundin, die in Untermiete wohnte.

Nur gab es da ein Problem. Die Wirtin, damals war man noch sehr moralisch, durfte nicht wissen, daß Freund Fritz in der Wohnung sein Unwesen trieb.

Eines Tages mußte die Freundin dringend weg und ließ unseren Freund Fritz alleine.

Sie sagte:

"Ich bin in einer halben Stunde wieder da".

Allerdings dauerte es etwas länger und Fritz bekam ein menschliches Rühren.

Was tun?

Er überlegte hin und her. Er konnte ja nicht nach draußen auf die Toilette. Die Wirtin wußte, daß seine Freundin weg war und wenn er jetzt erschienen wäre, wäre der Teufel los. Aber unser Fritz wußte sich zu helfen.

In der Wohnung gab es etliche Stöße Illustrierter Zeitungen. Diese breitete er in verschiedenen Lagen übereinander aus. Naja und dann machte er das, was man normalerweise auf einen stillen Ortchen macht. Er packte dann die ganze Bescherung zusammen, in seine Aktentasche und die Freundin kam zurück.

Fritz blieb bei ihr und verließ sie dann sehr spät, nachdem sie sich noch etwas "unterhalten" hatten.

Nur wurde er das Paket in seiner Aktentasche nicht los, weil seine Freundin mit ihm bis zur Straßenbahnhaltestelle ging und er mußte mit der Aktentasche in die Straßenbahn einsteigen. Von dort winkte er ihr noch und freudestrahlend ging sie nach Hause.

Nur hatte er nun ein weiteres Problem. Plötzlich stank es in der Straßenbahn ganz bestialisch. Alle Leute rückten von ihm ab und es blieb ihm nichts anderes übrig, als an der nächsten Haltestelle auszusteigen um seine Aktentasche irgendwo zu entleeren.

Hinzukam dann später noch, daß die Aktentasche nicht mehr zu gebrauchen war, denn der Geruch ging nicht mehr aus dem guten Stück heraus.

Doch was erleidet und erduldet man nicht alles aus Liebe.

Die Rolltreppe

Wir richteten die Zentralwerkstätten neu ein und die Büros hierzu waren zwei Stockwerke höher. Eines Tages tauchte Helmut Nr. 2 in meinem Büro auf und sagte:

"Eines kann ich dir sagen, das müssen wir unbedingt haben. Wir brauchen eine Rolltreppe. Er sagte es auf englisch "an escalator" von der Werkstatt hoch in die Büros, damit die Leute nicht zu laufen brauchen und das macht einen Supereindruck wenn Besucher kommen".

Ich fiel fast auf den Buckel, weil ich wußte, was so ein Ding kostet und was für bauliche Veränderungen die Folgen sein würden. Ich war sprachlos. Erstens wiegelte ich etwas ab und dann sagte ich, ich werde mich um die Sache kümmern und dachte

"Na ja, er vergißt es ja wieder, wie so manches".

Aber dem war nicht so.

Nach zwei Tagen sprach er mich an und fragte nach seiner berühmten Rolltreppe. Später kam ich auch dahinter, warum er so hartnäckig war. Er hatte diese Rolltreppe nämlich in USA in einem Werk gesehen. Zum damaligen Zeitpunkt war ja alles was aus USA kam, das höchste. Nun, wir fingen an zu planen, integrierten die Rolltreppe und ließen uns die Preise geben. Die baulichen Änderungen alleine waren so hoch, daß man drei Aufzüge dafür hätte bauen können.

Mein Gott sagten die Leute, wie können wir es ihm beibringen. Einerseits suchen wir jede Mark, auf der anderen Seite wollen wir so ein Ding einbauen, wo die Leute aus Gesundheitsgründen auch Treppen laufen können.

Ich sagte dann:

"Komm, laßt mich mal machen".

Ich wußte ja eines, daß unser Freund Helmut Nr. 2 gern hübsche Frauen sah und das war zu der Zeit, wo es die Miniröcke gab. Als er am nächsten Tag in mein Büro kam, fing er sofort wieder von der Rolltreppe an.

Ich sagte zu ihm:

"Herr Helmut die Rolltreppe wird zu teuer:"

Ich sah schon, wie er einen roten Kopf bekam. Er wollte gerade anfangen zu poltern als ich ihn einfing.

"Hören sie mir einen Augenblick mal zu. Wir bauen einen schönen Aufzug ein, mit gläsernen Türen, die nach außen offen sind und stellen sie sich einmal vor, wenn da die hübschen Mädchen mit ihren Miniröcken drinstehen, ist das nicht ein toller Anblick":

Von dem Moment an hatte ich gewonnen. Die Rolltreppe war vom Tisch und kam nie wieder drauf. Und später hatten wir Geldmangel und der Aufzug wurde auch nicht gebaut. Die Leute laufen heute noch die Treppe hoch. Soll gesund sein.

Wladen

Daß wir ein Werk in Kikinda in Jugoslawien, fast an der Ungarischen Grenze, geplant haben, wissen wahrscheinlich die wenigsten in der ganzen Firma.

Wir hatten von dort einige Leute zur Ausbildung, nette Kerle, gegensätzliche Kerle, der eine sparte jeden Pfennig und der andere war ein totales Schlitzohr. Sie kennen ja den Ausdruck "In Wien am Ostbahnhof fängt der Balkan an", und er war ein echter Teppichhändler und hieß Wladen. Er wohnte später in Hochheim droben über'm Main, er war dort unter den Männern und ganz besonders unter den Frauen bekannter wie ein bunter Hund.

Nun eines Tages waren wir dann soweit, daß das Gebäude dort erstellt wurde. Wir hatten unsere Maschinen einzurichten und mußten dann wohl oder übel einmal nach Kikinda fahren.

Es riß sich keiner drum, weil wir genau wußten, dort gab es keine Hotels. Wir mußten bei Privatleuten schlafen und alles drumherum war ziemlich primitiv. Die hatten noch nicht einmal ein Abwassersystem.

Nun, wir fanden uns damit ab und kamen dann am nächsten Tag morgens sehr früh ins Werk. Als erstes bekamen wir dort ein Frühstück, weil ja in den Privathaushalten kein Frühstück gegeben wurde. Aber als allererstes stellte man uns einen Slibowitz hin.

Stellen sie sich vor, morgens um acht Uhr einen Slibowitz.

Ich sagte zu ihm: "Wladen es kann doch nicht dein Ernst sein, daß ich jetzt Slibowitz trinken muß".

Aber eine Viertelstunde später wußte ich warum. Die brachten uns Rühreier mit Schinken und Speck, die waren so fett, daß man ganz einfach Slibowitz trinken mußte, sonst drehte es einem den Magen nach oben.

Dann kamen wir in die Fertigung. Wir machten unsere Arbeiten, so wie es sich gehörte. Dann sagte mein Freund Wladen zur mir:

"Du Ewald, heute Mittag mußt du mal schauen, meine neue Sekretärin kommt".

"So".

"Ja, die sieht sehr gut aus. Schau dir sie mal an, und sag mir mal deine Meinung".

"Ja, kann ich machen".

Nun, die Dame kam nachmittags. Also, er hatte nicht übertrieben. Sie sah so aus, daß selbst ein Gentleman nicht in der Lage war ihre Kurven zu beschreiben ohne die Hände zu gebrauchen. Außerdem hatte sie lange, blonde Haare und es stimmte praktisch alles. Als sie dann wieder weg war, sie hatte sich nur kurz vorgestellt, kam mein Freund Wladen zu mir.

"Nun was hältst du von meiner Sekretärin ?"

"Also Wladen, alle Achtung, was du dir da ausgesucht hast, ist wirklich super".

"Ja da hast du recht, der Meinung bin ich auch. Aber sie hat einen kleinen Fehler".

"So, was fehlt ihr denn "?

"Nun ja, sie kann kein Steno und keine Schreibmaschine":

"Sag mal Jung, hast du einen Knall. Spinnst du, du kannst doch keine Sekretärin einstellen, die nicht Steno und Schreibmaschine kann".

Mein Freund lachte und sagte:

'Was willst du denn, Steno und Schreibmaschine kann sie lernen, aber schöner würde sie bestimmt nicht werden":

Mein Freund Wladen hatte überhaupt so tolle Philosophien, ganz besonders über Frauen. Wir mußten ja abends mit ihm ausgehen und er war ungeheuer trinkfest. Und wenn er ein paar getrunken hatte, dann erzählte er die tollsten Stories, ganz besonders von Frauen. Er war nunmal kein Frauenverächter, sondern er war ein Frauenkenner. Eine Story habe ich noch gut behalten.

Sagte er zu mir:

"Ewald weißt du, für schöne Frauen habe ich immer Geld gehabt":

"So".

"Weißt du Ewald, Geld kommt an jedem Ersten, ob aber eine schöne Frau an jedem Ersten kommt, das weißt du nicht."

Ich kann nur sagen, auch eine Philosophie. Er ließ übrigens in Bezug auf Frauen nochmals so ein Ding los.

Sagte er zu mir:

"Hast du von schöner Frau nach einer Nacht schon einmal Geld bekommen ?"

'Wie kommst du mir vor ? Man bezahlt doch!"

"Ja du vielleicht, aber ich bin mal morgens aufgewacht, lag allein im Bett. Hab geglaubt jetzt ist mein Geld fort. Als ich an meine Jacke kam, war mein Geld noch da und die Dame hatte mir einen Blauen oben in die Tasche gesteckt. Scheinbar war ich so gut, daß sie bezahlen wollte. Ist dir das schon einmal passiert?"

Ich konnte nur den Kopf schütteln und nein sagen.

ADAM

Wir hatten jahrelang zusammengearbeitet und viele harte Tage, aber auch schöne und lustige miteinander gehabt, 1981 ging mein Freund Adam in Pension und damals wurde mir eigentlich erst richtig klar, daß uns ein seltenes Original verlassen hatte.

Allein seine Sprache und Stories, die er im Laufe der Zeit von sich gab, waren köstlich. Es kam öfters vor, daß einer kam und sagte:

"Komm' Adam erzähl doch mal die Geschichte von damals, du weißt ja".

Und er erzählte natürlich, er ließ sich nie bitten, und aus dem Gedächtnis will ich versuchen unseren Freund wiederzugeben.

Hoffentlich gelingt es mir wenigstens annähernd die Stimmung und den Frohsinn unseres Adams wieder aufleben zu lassen.

Ins Heilige Land

In den sechziger Jahren und Ende der fünfziger waren wir nur eine Handvoll Planer. Jeder kannte jeden und wußte natürlich welche Macken der Andere hatte. Wir hatten damals einen Mitarbeiter, der sehr fromm war. Ein überzeugter, praktizierender Katholik. An sich nicht Anrüchiges, jeder soll ja laut dem alten Fritz, nach seiner Fasson glücklich werden. Doch unser Heinrich, nennen wir ihn Heinrich Nr. 1, hatte einen Fehler, er glaubte, alle Leute und ganz besonders wir, seine Kollegen, müßten so sein wie er, nämlich unheimlich fromm.

Er versuchte es immer wieder und Freund Adam ärgerte dies immens.

Heinrichs zweiter Sohn war Kapitän "Auf großer Fahrt", das heißt, er hatte das höchste Patent, welches bei der christlichen Seefahrt zu erreichen war. Heinrich Nr. 1 war darauf natürlich ganz besonders stolz.

Eines Tages erzählte er uns dann von seinem Wunschtraum, nach der Pensionierung auf dem Schiff seines Sohnes, dem Kapitän mit dem Patent "Auf großer Fahrt", ins Heilige Land zu fahren.

Für einen frommen, praktizierenden Katholiken ein verständlicher Wunsch. Ich muß betonen, er hat dies nie geschafft. Ein halbes Jahr nach der Pensionierung verstarb er plötzlich.

Nun machte Heinrich Nr. 1 einen großen Fehler, er sprach bei seinem Wunschtraum den Adam an, der gelinde ausgedrückt, ziemlich unchristliche Ansichten vertrat, dies in erster Linie aber, um wieder den Heinrich zu ärgern.

«Adam, du könntest doch mitfahren, das wäre doch gut für deine Seele!"

Addi ganz cool:

"Ja Heinrich, das ist eine gute Idee und in Alexandria hält dein Sohn an und ich steige aus. Dann gehe ich in den arabischen Männerpuff und auf der Rückfahrt nehmt ihr mich wieder mit."

"ADAM! Halt ein! Halt ein! Du versündigst dich!"

'Warum? - Das ist doch eine gute Idee. Jeder hat seinen Spaß. Du im Heiligen Land in Jerusalem und Bethlehem und ich im Puff!"

"Adam! ADAM! Halt um Gotteswillen ein. Ich werde im Heiligen Land für dich beten!"

Jetzt markierte Addi den Wilden: "Das verbitte ich mir!
Du wirst nicht für mich beten! Wenn ich in den arabischen Männerpuff gehe, kann dir dies egal sein. Das ist meine Verantwortung. Höchstens meine Frau geht das etwas an, dich einen feuchten Kehricht"

Die Kollegen hatten sich längst hinter die Zeichenbretter verzogen und bogen sich vor Lachen über das heilige Zwiegespräch.

"Also Adaml Du kannst machen was du willst, ich werde dort für dich beten. Du hast es nötig."

"Und ich sage dir noch einmal, das verbitte ich mir."

So ging das hin und her, und Heinrich Nr. 1 merkte nicht, daß Freund Adam ihn ganz gewaltig auf den Arm nahm.

Übrigens, so wie Heinrich nicht ins Heilige Land kam, so kam Adam auch nie nach Alexandria in den arabischen Männerpuff.

Hühnerzucht

Addi war ein Schlitzohr, als dieses versuchte er seine Kollegen öfters zu vergackeiern, also auf den Arm zu nehmen.

Natürlich auch mich.

'Weißt du, meine Hühner legen viel mehr Eier als andere Hühner."

"Erkläre einmal!"

"Also gib acht!"

"Hat ein Huhn mit viel Mühe ein Ei ins Nest gelegt, steht es auf, dreht sich um, sieht das Ei und geht zufrieden weg. Es hat sein Tagessoll erfüllt. Denn jedes Huhn legt pro Tag höchstens ein Ei.

Doch nicht meine Hühner, die legen zwei bis drei Eier je Tag."

"Ei, Adam! Wieso dies"

"Gib' acht!

Ich habe im Hühnerstall hinter dem Nest eine schräge Rampe installiert.

Das Huhn legt sein Ei, steht auf, guckt. Kein Ei, Denn durch die Schräge ist das Ei nach hinten weggerollt in einen Korb mit Stroh.

Also das Huhn, so dumm wie es ist, sagt sich, heute kein Ei, geht nicht. Setzt sich wieder hin und legt noch ein Ei. So geht das bis zu drei Eier. Dann geht nichts mehr, dann hat das Huhn einen wunden After".

'Was sagst du zu dem Trick ?"

"Adam, genial!
Du bist der Größte!"

Allerdings der größte Schwindler. Er hatte Pech. Ich hatte früher selbst Hühner und konnte mitreden
Schlitzohr bleibt Schlitzohr!

Nachbarn

Freund Adam hatte sehr früh also kurz nach dem Krieg, Anfang der fünfziger Jahre ein Haus gebaut. Jung verheiratet und eine Menge Schulden, also wurde vermietet. Denn Zinsen und Tilgung mußten abgetragen werden.

Im ersten Stock wohnte irgendein Verkaufschef von Opel. Also ein hohes Tier, wie wir so zu sagen pflegen. Gegenüber beim Nachbarn wohnte noch so ein hohes Tier, auch ein Chef von Opel. Addi pflegte also hervorragenden Umgang.

Diese beiden Herren waren für ihn als alten Praktiker ein gefundenes Fressen, denn sie waren beide gelinde ausgedrückt praxisfern und weltfremd. Addi pflegte dies zu umschreiben:

"Die Brüder hatten eine große Klappe aber zwei linke Hände".

Ich kenne sie, diese nun folgenden Geschichten nur aus seinen Erzählungen und habe sie x-mal gehört und doch immer wieder gelacht.

Der Holzhacker

Damals hatte man in jedem Raum noch einen Ofen stehen. Zentralheizung war ein Fremdwort. Um aber Feuer im Ofen anzumachen, brauchte man Holz und dies möglichst klein gespalten. Mit zwei linken Händen ein Problem, wie man sehen wird. Adam kam in den Keller uns sah seinen Mieter verzweifelt vor dem Hackklotz stehen.

Nennen wir ihn Fred, eben dieses hohe Tier bei Opel. Seine Gattin hatte ihn in den Keller geschickt, Holz hacken. Sie ahnte nicht, was sie ihm damit antat.

Weißes Hemd, Fliege und zum Schutz vor Hornhaut schweinslederne Handschuhe. Um Kleinholz zu spalten muß man schon etwas geübt und geschickt sein. Fred war es nicht.

Er kämpfte verzweifelt mit dem Hackklotz, dem Beil und seiner Ungeschicklichkeit, als Addi in den Keller kam.

Ein Hackklotz ist bekanntlich durch die starke Abnutzung ziemlich uneben und eine Scheite Holz auch nicht bretteben, also eine ziemliche wacklige Angelegenheit.

Addi schilderte den Ablauf also immer auf folgende Weise.

"Du, der Kerl war geschniegelt und gebügelt, als wollte er auf einen Ball im Rüsselsheimer Hof:"

Also gib acht!

Der stellt das Beil an den Hackklotz, nimmt eine Scheite Holz, stellt diese auf den Klotz, nimmt das Beil, hebt es hoch und schlägt zu. Durch die doppelte Unebenheit war die Scheite inzwischen natürlich umgekippt und das Beil stak im Hackklotz.

Ich habe mir dies eine zeitlang angeschaut und dann gesagt:

"Mann hör'n Sie auf!
Sie bringen sich um!
Das ist Selbstverstümmelung!"

Du, der hatte schon einen ganz irren Blick und Schweißperlen im Gesicht. Es fehlte nur noch der Schaum vorm Mund."

Nun, Adam als alter Praktiker ergriff das Beil, eine Scheite Holz und zack, zack, zack lag Kleinholz im Korb.

Nach zehn Minuten war der Korb voll und Addi grinste still vor sich hin.

„So, jetzt gehn sie hoch und bringen das ihrer Frau, die wird stolz auf sie sein."

„Da haben sie aber Recht!"

„Da wird meine Frau aber staunen! In solch einer kurzen Zeit, solch eine enorme Menge Holz jehackt, dat ist wirklich toll!"

Addi lachte jedes Mal mehr wie wir und hatte natürlich seinen Kommentar:

Als hätt' dem seine Alte nicht gewußt, was mit dem los war, der mit seine zwei linke Händ."

Die Schwarzamseln

Adam hatte einen großen Süßkirschenbaum im Garten stehen. Er pflückte Kirschen, da kam sein früherer Mieter, Fred mit Gattin vorbei. Er war in der Zwischenzeit umgezogen, ließ sich hin und wieder blicken.

Große Begrüßung, Geplauder, nette Unterhaltung und Adam naturverbunden sagte zu Fred:

„Schauen sie mal da oben im Kirschbaum ist ein Nest mit vier Jungen Schwarzamseln."

Fred bekam ganz große Augen und staunte. Dann kam der Knaller:

„Ja! Sagen sie einmall Wo haben sie die denn hergeholt?"

Adam war sprachlos wie selten.

Zu uns sagte er dann nur:

"Das müßt ihr euch vorstellen, der Bursche will beim Opel Auto verkaufen und glaubt ich hätte die vier Jungen Amseln in der Tierhandlung beim Vogelhändler gekauft."

'Was soll man zu soviel Blödheit noch sagen ? - nichts!"

Der Werkzeugkasten

Adams Mieter, Fred hatte seine Wohnung renovieren lassen. Nun mußte noch im Bad ein Spiegel installiert werden.

Plötzlich stand die Gattin von Fred vor Adams Tür:

"Bitte kommen sie schnell. Der Mann ruiniert die ganze Wohnung":

Adam ging mit hoch. Welch ein Anblick. Fred mit Hammer und Meißel und einem Werkzeugkasten versuchte einen Spiegel zu installieren.

"Du kannst es mir glauben, ein Superwerkzeugkasten, so ein Ding, von dem habe ich jahrelang geträumt und der Bursche hatte sich den gekauft, nur um einen Spiegel aufzuhängen."

Die Wand sah aus wie ein Schweizer Käse. Vier Löcher hatte er benötigt, zwölf hatte er schon geklopft.

Zur Ehrenrettung von Fred muß man sagen, Dübel waren damals nicht bekannt. Man mußte ein Stück Holz eingipsen und dann die Schrauben eindrehen, also auch für einen Praktiker wie Adam nicht so leicht. Doch für einen Linkshänder wie Fred ein Ding der Unmöglichkeit.

Doch Addi hing den Spiegel auf und gipste die restlichen acht Löcher zu. Und der Knaller. Freds Frau schenkte ihm den Werkzeug kasten. von dem Adam jahrelang geträumt hatte und Fred konnte kein Unheil mehr anrichten.

DER HERR PROFESSOR

Anfang der neunziger Jahre begannen wir mit der Zusammenarbeit zur Technischen Universität Wien. Die Jungs dort, unter der Führung eines Professors, nennen wir ihn Professor Helmar, tätigten für unsere Organisation einige Tests auf hervorragende Art und Weise.

Nun dieser Professor, war auf seine Art einer der menschlichsten Typen, die ich im akademischen Bereich je kennengelernt habe.

Er war also ein Mensch, dem nichts menschliches fremd war, er war einem guten Essen nicht abgeneigt und konnte einen Rotwein von einem Weißwein unterscheiden, und Bier trank er schneller als der Autor, was schon etwas heißen will.

Professor Helmar erzählte, wenn man so abends zusammensaß, gerne Geschichten von seinen Studenten, die er als seine .„Depperten Buben“ bezeichnete.

Hier also die charmante Sammlung unseres Professors Helmar:

Schleich Dil

Professor Helmar sah verhältnismäßig jung aus, er war ein strammer Typ. Eines Tages wollte er in seine Vorlesung. Aula voll bis zum letzten Platz. Selbst auf den Treppenstufen saßen die .Depperten Buben“. Er wollte in die Aula, ja er mußte, denn er hatte etwas vorzutragen.

„Würden Sie mich bitten vorlassen!“

„Geh', schleich Dil“

„Ich müßte aber hier herein“.

„I hob' gesagt, Du sollst Di schleichen, oder i hau dir in die Fratzen“.

Der Zugang war erst möglich als der Pedell rief: "Bitte Platz für Herrn Dr. Professor Helmar-.

Der depperte Bub mit seinem schleich Di wurde in den nächsten fünf Vorlesungen nicht mehr gesichtet. Warum wohl?

Kennen sie Professor Helmar?

Im Hauptgang der Uni spricht ein Student Professor Helmar an:

„Kennen Sie Professor Helmar?"

„Jo!"

„saan Sie in seiner Vorlesung"?

"Er soll gut sein".

"Was wollen sie von ihm"?

"Er soll mir meine Scheine unterschreiben".

"Ach so - warum kennen Sie ihn nicht, wenn Sie in seiner Vorlesung sind"?

"I geh nett hin, warum sollte ich? Der soll nur unterschreiben".

Ich glaube nicht, daß Professor Helmar die Scheine unterschrieben hat.

Sie etwa?

Die Baseball-Kapperl

Vorlesung: Professor Helmar tritt ein. Der gute Professor ist unendlich erstaunt, von 250 Studenten haben 50 eine Baseball-Mütze auf. Er sagte aber Kapperl.

"Was soll dies mit euren Kapperln"?

Keine Antwort.

Professor Helmar. hielt seine Vorlesung. Zu Hause die erste Frage an seinen Sohn:

"Was hältst Du von dieser Aktion - "Baseball-Kapperl"?
"Was soll ich tun"?

„Das ist affengeil! Du machst gar nichts, laß den Buben ihren Spaß".

Nächste Vorlesung: Von 250 Studenten kamen 150 mit Baseball-Kapperl.

Professor Helmar ist baff.

Dritte Vorlesung: 200 Baseball-Kapperl.

Aber Professor Helmar steht vorne und zieht ein Kapperl aus der Tasche und setzt es auf.

Eisige Stille. er hält tapfer seine Vorlesung. obwohl ihm der Schweiß am Kopf herabläuft.

„Sie können mir glauben, ich hab' geschwitzt, aber denen wollt ich es zeigen".

Ende der Vorlesung: Tosender Beifall, lautstarkes Abklopfen.

Super Abgang.

Nächste Vorlesung: 250 Studenten, kein einziges Baseball Kapperl.

Voller Erfolg für Professor Helmar.

Dozent "0"

Große Präsentation vorm Management. Professor Helmar kommt alleine.

"Wo ist Ihr Mitarbeiter "0", der hat doch die gesamte Untersuchung getätigt?"

"Den kann ich hier nicht gebrauchen, war auch beleidigt".

"Warum"?

"Der bricht sich den Finger in der Nase ab"!

"Wie soll ich das verstehen"?

"Das letzte Mal ist er über die Schnur vom Tageslicht-Projektor gestolpert, der Projektor fiel runter.

Dann hatte er Folien vergessen. Sucht vor versammeltem Publikum nach den Folien, dann erzählt er von den vergessenen Folien, was da drauf stand und was wäre, wenn er sie dabei hätte.

Kein Mensch hätte gemerkt, daß Folien fehlten, wenn er es nicht erzählt hätte".

"Das ist ja furchtbar".

"Sehn Sie, drum hab' ich ihn nicht dabei.
Der hat die beste Basis für einen zerstreuten Professor".

Und dies sagt ein Professor über einen zukünftigen Professor.

Kerzen für die Sekretärin

Professor Helmar hatte so seine Probleme. Nicht mit seinen Studenten, oder seinen Mitarbeitern, auch nicht mit seiner Arbeit. Nur mit seiner Sekretärin kam er und die anderen Leute seines Instituts nicht zurecht.

Frech, vergeßlich, anmaßend und faul war die Dame. In einem staatlichen Institut kann man aber die Personen nicht einfach auswechseln, man muß froh sein, wenn man die entsprechende Kopfzahl an Bord hat.

Da war guter Rat teuer, es half nur noch beten. Leichtfertigerweise hatte Professor Helmar an einem furchtbaren Tag die Aussage gemacht:

„Wenn diese Lady geht, stifte ich im Stephansdom eine Kerze."

Alle Mitarbeiter, sechs an der Zahl, stimmten ihm stöhnend zu.

Wie das Leben so spielt, besagte Dame kündigte zwei Monate später. Im Institut brach ein Freudentaumel aus.

Doch unser Herrgott läßt sich nicht betrügen.

„Was ist mit unserem Gelübde, unseren Kerzen für die Dame?"

Frage kam vom Professor Helmar

„Das war doch nur Spaß!"

„Versprochen ist versprochen, Gelübde ist Gelübde. Kommt nicht in Frage, meine Herren!"

Nun als österreichischer Akademiker muß man zu seinem Wort stehen.

Die Dame war noch keinen Tag aus dem Hause, da zogen sieben gesetzte, seriöse Herren der Universität Wien in die Innenstadt. Jeder bewaffnet mit einer großen Kerze, hinein in den Stephansdom und gespendet.
Freie Herren, freies Gemüt und wieder ein gutes Gewissen.

Hoch lebe die ehemalige Sekretärin, ein Institut atmete auf. Angeblich sollen in der folgenden Nacht einige leicht schräge Akademiker in der Nähe des Doms gesichtet worden sein, ich halte dies für ein Gerücht und nicht nachweisbar.

51000 Österreichische Schilling

Daß die Zahlungsmoral unserer Finanzabteilung, vorsichtig ausgedrückt, nicht die Beste ist, kann mancher bekümmert aussagen.

Doch die Krönung leistete man sich mit einem Auftragnehmer, diesem netten Professor Helmarder TU-Wien.

Die TU-Wien hatte einen größeren Auftrag, denselben hervorragend abgewickelt und im Oktober eine Teilrechnung eingereicht. Diese Rechnung war im Juni des Folgejahres noch nicht bezahlt.

Unser netter Professor hatte dann auf mein Anraten eine zweite Teilrechnung eingereicht. Gesamtbetrag: DM 51000,-.

Der Autor hatte ein schlechtes Gewissen, warum eigentlich? Nun auch ein Professor fährt Auto und er hatte kurz vorher zwei Opel gekauft. Mir lag eben etwas an einem zufriedenen Kunden.

Wir sahen uns in Wien: „Na, Herr Professor, haben Sie jetzt endlich Ihr Geld bekommen?“

Naiv wie ich bin konnte ich mir ganz einfach nicht vorstellen, daß nach acht Monaten eine berechtigte Rechnung nicht bezahlt sei.

Er bekam rote Ohren, blieb aber höflich wie alle Wiener, selbst wenn der Himmel einstürzt:

„Bezahlt haben sie, aber nur die zweite Rechnung.“

Gottseidank, wenigsten ein Teilbetrag.

Doch dann hob es mich vom Stuhl.

„I wor ganz stolz“ sagte mein Professor „Opel hot mir aanen-Scheck geschickt.“

„Prima! Herr Professor, bin ich froh.“

„Jo, aber anstelle von DM 51000,- hobens mir 51000,- Schilling draufgeschrieben.“

Der Mann tat mir leid. Acht Monate Wartezeit und dann dies. Es war nicht zu glauben.

Er bekam sein Geld. Aber er mußte nochmals sechs Wochen warten.

„Wissems wos! Konn drüber nimmer lachen."
Oder Sie vielleicht?

IM BÜRO

Mit diesem Abschnitt ging es mir ähnlich, wie mit dem "Aus der Praxis". Ich habe mir sehr schwer getan, da eigentlich durch die "Tag für Tag"-Tätigkeit, keine Zeit bleibt für irgendwelche Späße.

Teilweise sind die Ereignisse auch sehr lange her und könnten sich nach meiner Meinung heute nicht mehr ereignen. Denn wer würde es heute wagen einen Azubi die Oberweite zu messen und wer könnte es sich erlauben im Büro zu schlafen.

Ich wüßte wirklich niemanden.

Der Reißwolf

Der neue Mitarbeiter, er war erst vor kurzem eingestellt worden, stand vor einem modernen Gerät, sehr modern. Er wirkte etwas hilflos, vielleicht sehr hilflos. Unterm Arm hatte er einen Pack Akten. Da kam unsere Sekretärin, frisch gestylt, lustig wie immer, ein Liedchen auf den Lippen, wie immer und hilfsbereit, wie immer:

"Kann ich Ihnen helfen ?"

"Oh ja, das wäre nett !"

"Geben Sie her!"

Sie nimmt die Akten, steckt sie in die Öffnung des Reißwolfes. Als alle drin waren, dreht sie sich um und will gehen.
"Tschau!"

Doch der neue, etwas hilflose Mitarbeiter bleibt stehen und schaut weiterhin auf das moderne Gerät.

Die Lady zögerte und blieb stehen.

"Ist noch etwas ?"

Denkt bestimmt: Danke hätte der Trottel auch sagen können.

"Ja, eine Frage: Wo kommen hier die Kopien heraus ?"

Die Busenmesser

Dieser Ausdruck sagt viel oder gar nichts. Aber glauben sie ja nicht, daß das eine hochtechnische Beschäftigung ist.

Wir hatten einen, nennen wir ihn Schorsch, der hatte oft nichts zu tun. Das war so einer, der saß mittags nach Tisch an seinem Arbeitsplatz, damit keiner merkte daß er schlief, hielt er einen Bleistift in der Hand. Wenn der Bleistift umfiel, dann wurde er wach, somit merkte keiner, daß er wirklich in Morpheus Armen geschlummert hatte.

Eines Tages hatten wir ein Lehrmädel bei uns und dieses Lehrmädel war wirklich wohl proportioniert. Nun es kam wie es kommen mußte. Schorsch und sein Kumpel Wilhelm, wollten absolut die Oberweite von unserem Lehrmädel, oder wie man heute sagt, Azubi, wissen. Nun die Busenoberweite wurde mit einem Rollmeter gemessen, Oberweite 104. Das Mädel hatte nicht den Mut sich dagegen aufzulehnen und alles ging wieder zur Tagesordnung über.

Aber zwei Tage später war der Teufel los. Die Kleine hatte sich bei ihrem Ausbilder in der Berufsschule bitter beklagt, und dieser Leiter der Berufsschule hatte sich nun wieder bei unserem höchsten Chef Hans ganz eindringlich beschwert, welche unmoralischen Leute ich in meiner Abteilung hätte. Nun, ich sah schon ein großes Donnerwetter auf mich zukommen.

Chef Hans hatte sich für nachmittags bei mir angesagt.

Einerseits war ich verantwortlich, andererseits fragte ich mich, wie konnte ich verhindern, daß die Jungs da draußen einem Lehrmädel die Oberweite messen.

Chef Hans kam in mein Büro geschossen und ich glaubte jetzt geht es los. Jetzt kommt das Donnerwetter. Und was sagte er:

„Wo ist die Sexbombe. Ich will mal sehen, ob es stimmt mit der großen Oberweite".

Es war der Moment, wo ein Engel durch den Raum schwebte, wie man so schön sagt. Es war genau das Gegenteil eingetreten, von dem was ich erwartet hatte. Aber man muß sagen, unser Chef Hans war schon immer ein Mensch gewesen.

Außerdem hatte er eine Schwäche für gut aussehende und wohlproportionierte Frauen. Wirklich, hatte er !

Der Menschenkenner

In den 60er Jahren gab es einen Hauptabteilungsleiter, er war übrigens Doktor, wobei ich nichts gegen Doktoren sagen möchte. Er war sehr arrogant, überheblich und bestimmt nicht menschenfreundlich. Eines Tages kam er in sein Sekretariat geschossen. Scheinbar war er gerade auf der sozialen Schiene und da saß ein junger Mann in seinem Vorzimmer.

"Hallo, ich glaube sie wollen bei mir anfangen ?" war seine Frage.

Der junge Mann stand auf, sehr höflich:

"Es tut mir leid Herr Doktor, aber ich bin schon seit drei Jahren in ihrer Abteilung. Ich möchte kündigen".

Ich muß hinzufügen, der gute Herr Doktor hatte lediglich ca. 50 Leute in seiner Abteilung. Also bei fünfzig müßte man eigentlich in der Lage sein die Jungs zu kennen, oder ?

Der Schläfer

In den 50er und 60er Jahren war es so, daß die Kostenschätzungen noch vor Ort in Gruppenarbeit erstellt wurden. Da traf sich eine gewisse Arbeitsgruppe mit Experten für Elektrik, für Schlosserarbeiten, für Rohrschlosserarbeiten, für Betonarbeiten und die boten dann die entsprechenden Preise an.

Nun war einer dabei, er hieß Heinrich, der war immer müde und er war Elektriker. Elektriker wurden bei derartigen Kostenschätzungen nicht immer benötigt, so saß der Heinrich dabei und dann schlief er immer. Scheinbar hat er abends immer sehr lange Fernsehen geschaut, auf jeden Fall mußten sie ihn jedesmal wecken. Das ging dann folgendermaßen zu:

"Heinrich, hast du gehört, du bist dran".

"Ja was ist ?"

"Du sollst eine Maschine mit 20 kW installieren. Was kostet denn das?"

"Na dann nehm' mal 500,- DM rein".

"Mensch Heinrich, das kann doch nicht dein Erst sein. Das ist doch viel zu billig. Da kommen wir nie mit hin".

"Ja dann nehm' mal 750,-".

Also mit anderen Worten, es wurde regelrecht geboten wie auf einer Auktion und ich habe mich immer gewundert, warum unsere Kostenschätzungen nie stimmten. Aber nachdem ich Heinrich unseren Schläfer beobachtet hatte, war mir alles klar.

Gehaltsprobleme

Diese Geschichte wurde mir aus zweiter Hand erzählt. Ich gehe davon aus, da der Erzähler sehr zuverlässig ist, daß sie stimmt.

Wir hatten in der PEK einen Abteilungsleiter der an und für sich ein ganz passabler Bursche war. Eines Tages kam ein Mitarbeiter zu ihm und fragte ob er ihn einmal sprechen könnte.

"Selbstverständlich", sagte er. "Kommen sie in mein Büro, setzen sie sich zu mir".

Der Junge hatte schon einen roten Kopf, fing an zu stottern und dann rückte er endlich raus:

"Also, Herr Doktor, meine Frau ist der Meinung ich würde zu wenig verdienen".

Unser Doktor konnte alles ausstehen, nur nicht wenn einer andere Personen vorschob. Er sagte zu ihm:

"Also, ich will ihnen mal was sagen. Ich werde mir die Sache überlegen. Morgen Mittag um 13.30 Uhr kommen sie wieder zu mir, dann werde ich ihnen eine endgültige Auskunft geben".

Der Junge war zufrieden und zog ab. Soviel mir dann erzählt wurde, war der Doktor mit dem Mann im allgemeinen nicht so unbedingt zufrieden. Also am nächsten Tag um 13.30 Uhr punkturn tauchte der Junge wieder auf, kam ins Büro und sagte:

"Nun Herr Doktor, haben sie es sich überlegt ?"

Also er hatte auch schon wieder einen roten Kopf und stotterte. Unser Doktor grinste und sagte:

"Ich hab's mir nicht überlegt, aber ich habe mit meiner Frau gesprochen und meine Frau meint, sie sollten keine Gehaltserhöhung bekommen".

Bumm!

Der Kopf des Jungen wurde noch roter. Er schoß aus dem Büro und von dem Tag an, wagte er sich nicht mehr wegen Gehaltserhöhung seinen Chef anzusprechen.

SPASSVÖGEL

Diese Leute sind eigentlich im Berufsleben eine Last, denn Späße gehen immer auf Kosten anderer. Oft sind sie selbst nicht bereit Späße auf eigene Kosten zu ertragen.

Immer wieder mußte ich in der Vergangenheit erleben, daß eine bestimmte Person regelmäßig als Opfer auserkoren wurde. Dann hört ganz einfach der Spaß auf und der Ärger beginnt.

Ich habe bewußt nur einige, für mich harmlose Geschichten ausgesucht, obwohl es gerade auf diesem Sektor weitaus mehr zu berichten gäbe.

Man sollte hier Taktgefühl walten lassen und den Rahmen eines harmonischen Zusammenlebens nicht verlassen.

Der Naive

In der Fertigungsplanung gab es einen Mitarbeiter, der war gelinde ausgedrückt etwas naiv. Und wie die Jungs so sind, haben sie so etwas sofort spitz. Bei allen möglichen Gelegenheiten versuchten sie ihn hochzunehmen. Dieser Bursche fing an zu bauen, es wurde die Baugrube ausgehoben im Frühjahr und dann ruhte die Arbeit ein klein wenig, weil die Maurer noch nicht anfangen konnten.

Eines Tageshatten wir einen ganz, ganz schlimmen Wolkenbruch. Unser Freund, nennen wir ihn Willibald, fuhr nach dem Regenguß hinaus zu seiner Baugrube, zu seinem Gelände. Welch ein Schreck. Die Baugrube stand bis oben hin voll Wasser. Entsetzt fuhr er zurück ins Büro und erzählte es seinen Kameraden. Die sagten, wir werden uns umgehend darum kümmern.

Nun weiß ja jeder, der ein bißchen Ahnung hat, daß das Wasser, welches durch einen Wolkenbruch irgendwo stehen bleibt, irgendwann auch wieder einmal versickert. Nur in der Gegend war halt Lehmboden und da dauerte es etwas länger. Die Jungs machten nämlich gar nichts. Als er am nächsten Tag zu seiner Baugrube kam, war sie vollkommen leer. Freudestrahlend kam er ins Büro, bedankte sich bei allen, die um ihn herum saßen, gab groß einen aus und die nahmen es auch noch dankbar entgegen.

Denn angeblich hatten sie es von der freiwilligen Feuerwehr leerpumpen lassen.

Das Karussell

Zu gleicher Zeit wie unser Freund Willibald arbeitete einer in der Gruppe, der hieß Anton. Anton's Frau war nicht mehr so ganz gesund, und er mußte immer dafür sorgen, daß die Wäsche zuhause gewaschen wurde. Da es aber zu der Zeit noch keine vollautomatischen Waschmaschinen gab, mußte unser Freund Anton alle vier Wochen immer montags einen Tag freimachen.

Neugierig wie unser Willibald nun war, wollte er absolut wissen, warum fast jeden Montag der Anton einen Tag Urlaub hatte. Naja, die Jungs erzählten ihm dann, der Anton hätte ein Karussell und würde an Wochenenden auf den Kirchweihen der Umgebung seine "Reitschul" ausstellen und die Kinder fahren lassen.

Erst wollte er es nicht glauben, aber dann besorgten sie ihm Freikarten für Anton's Karussell und erklärten ihm, auf welchem Dorf der Anton die nächsten Wochen zu finden sein. Nur immer wenn unser Freund Willibald in das Dorf kam, war der Anton nicht da. Nun, eine Ausrede war schnell gefunden. Der liebe Anton hatte nun den Standort eben frühzeitig wieder gewechselt. Er ist nie ganz dahinter gekommen, ob der Anton nun eine Reitschule hatte oder nicht.

Die Transferstraße

Daß das Rüsselsheimer Museum ein Arbeitermuseum ist, dürfte allgemein bekannt sein. Es ist also der Arbeiterschaft gewidmet. Wir hatten schon immer guten Kontakt dorthin, zu dem Direktor unseres Museums. Hin und wieder hatten wir ihm alte Maschinenteile oder sogar Maschinen zukommen lassen, um seine Ausstellung zu vervollständigen.

Eines Tages rief er an: "Ich brauche eine Transfertraße!"

Erst war bei mir Funkstille. Ich war sprachlos.

Dann: 'Was brauchen Sie ?"

"Eine Transferstraße, oder den Teil einer Transferstraße."

"Mann! Sind sie mir nicht böse, aber Ihnen kann es nicht gut gehen."

"Doch, es ist an der Zeit, die Technik wandelt sich. Wir müssen vorausschauen und eine Transferstraße, der ersten Generation bewahren."

Hochtrabende Worte, doch unser Freund bekam sie. Sogar kostenlos. Doch nein! Er mußte zwei Kasten Bier für die Abbruchfirma springen lassen und das war es.

Doch dann kam es. So eine Aktion läßt sich nicht geheim halten. Unsere Spaßvögel im Werk hatten dies schnell spitz bekommen und der letzte Planer dieses wertvollen Stocks erhielt folgenden Brief der Stadt Rüsselsheim:

Adam Opel AG
z.H. Herrn „Ernst"
Postfach
6090 Rüsselsheim

Betreff: Teil einer Transfer-Straße für Museum

Wie wir von seiten der Geschäftsleitung der Adam Opel AG erfahren, waren Sie der letzte Planer obiger Transferstraße.

Da wir ein möglichst wirklichkeitsgetreues Bild der 60er Jahre in unserem Museum entstehen lassen wollen, bitten wir Sie um Ihre geschätzte Mitarbeit.

Wir möchten Sie bitten, sich am Montag, dem 09.04.1987, in Kleidung jener Zeit (getragen, jedoch nicht defekt) im Museum zu den angegebenen Öffnungszeiten einzufinden.

Wir würden dann, mit Ihrer freundlichen Zustimmung, eine Fotografie in Lebensgröße von Ihnen anfertigen und dieselbe neben der Maschine aufstellen.

Mit freundlichen Grüßen
Museumsleiter

Die Krönung zu allem war für mich allerdings die handschriftliche Bemerkung des Chefs von Freund Ernst.

"Bitte mit Herrn "Ernst" abstimmen !"

Er war übrigens der Einzige, der auf diesen Coup hereingefallen war, denn Ernst, selbst ein Schlitzohr ersten Grades, ist am 9. April 1987 nicht erschienen.

Der Grund ist allerdings darin zu suchen, daß er keine Kleidung aus den sechziger Jahren mehr hatte.

Übrigens der Originalbrief des "Museumsleiters" liegt dem Autor vor.

DA WAR DOCH NOCH...

Dieser letzte Abschnitt ist eine Sammlung von Erlebnissen, die sich nicht einordnen lassen. Aber nach meiner Meinung erzählenswert sind.

Lesen wir sie, lächeln wir vielleicht Ober diese Zeitgenossen und anschließend sollten wir wieder zur Tagesordnung, nämlich unserem täglichen Geschäft, übergehen.
Denn, da war doch noch...

Da war doch noch...

...Detlef

Ein neuer Mitarbeiter war eingestellt worden. Er fing an einem Montag bei uns an. Als er dann integriert und den einzelnen Leuten vorgestellt wurde, sagte er: „Ich heiße Detlef, bin aber keiner".

Man kann sich vorstellen, daß der Junge sofort gewonnen hatte. Er war dann jahrelang bei uns und kommt uns immer noch besuchen, obwohl er jetzt die Abteilung gewechselt hat, auch wird er zu Jubiläen und Betriebsfesten eingeladen.

Er war wirklich kein Detlef!

...der Jagdhund

Nennen wir den Mitarbeiter, der jetzt auftritt Charles, es hört sich sehr vornehm an, der ging gerne auf die Jagd. Er konnte es sich allerdings nicht leisten eine Jagd zu haben und war somit auf Einladungen angewiesen.

Eines Tages wurde er von einem Mitarbeiter einer anderen Abteilung eingeladen, an einer Jagd teilzunehmen.

Stolz zog unser Freund Charles ab mit dem Gewehr auf dem Buckel und am frühen Morgen ging es zur Jagd. Die Jäger wurden im Gelände verteilt, die Treiber fingen an zu treiben und das Wild bewegte sich. Und vor unserem Freund Charles bewegte sich auch etwas, und da es sich bewegte, nichts wie draufgehalten. Er hatte sofort etwas wunderbares erlegt.

Nur wie sich später herausstellte, war es der Jagdhund des Einladers, den er erschossen hatte. Mausetot. Die Sache lief dann darauf hinaus, daß er sich entschuldigen wollte, aber unser Einlader ließ es damit nicht bewenden. Er schlug ganz knallhart zurück. Das sei ein ganz wertvolles Tier gewesen, was einfach nicht mit Geld zu bezahlen war.

Das Ende vom Lied war das, daß die beiden Jagdfreunde vor Gericht landeten und fast über ein Jahr prozessierten. Er mußte dann den Jagdhund zu fünfzig Prozent bezahlen, der Schätzwert lag natürlich weitaus niedriger, wie sich unser Einlader vorgestellt hatte.

Man sollte nur auf die Jagd gehen. wenn du einen eigenen Hund hast, den kannst du dann erschießen, ohne daß du bezahlen mußt.

...Der Wildschweinbraten

Jahrzehntelang hatten wir miteinander zu tun, mein Freund Gerd und ich. Er ging auf die Jagd, leidenschaftlich. Er hatte später auch eine Jagd gepachtet. Es war sein Hobby, also er war intensiv der Jagd verfallen. Er hatte einige Hotels an der Hand und Gaststätten, die er mit Wildschwein belieferte. Nun hatte er in der

Jagdzeit dann so seine Probleme. So eine Wildsau stellt sich ja nicht auf die Lichtung und wartete bis unser Freund Gerd kommen und läßt sich abknallen.

Nun ja, der Wirt hatte sich gesagt, der Gerd hat dir bis jetzt jedes Jahr Wildschweinbraten geliefert, wird er es auch dieses Jahr tun. Die Weihnachtszeit kam heran, der Wirt hatte schon verschiedenen Gästen zugesagt, daß es Wildschweinbraten gibt und das Wildschwein kam und kam nicht. Scheinbar waren sie in diesem Jahr etwas rar.

Die Situation war dann so verfahren, daß der Wirt, um seine Gäste zu beruhigen irgendwo eine ganz teure Wildsau kaufen mußte, um Oberhaupt die Wildschweinessen, die schon gebucht waren, erfüllen zu können. Trotz alledem durfte unser Freund Gerd immer noch in die Gaststätte kommen und war ein gerngesehener Gast.

Doch eines Tages kam er und der Wirt legte ihm die Speisekarte vor. Er traute seinen Augen nicht.

Was stand da geschrieben: 'Wildsau á la Gerd".

Das war die Höhe. Gerd eine Wildsau. Ein Diplomingenieur eine Wildsau. Unfaßbar. Er ließ den Wirt strammstehen.

"Freund, wenn du bis morgen die Karte nicht geändert hast komme ich nie mehr in deinen Laden."

"Ja warum denn ?"

"Ich bin doch keine Wildsau, Mensch. Du schreibst bitte Wildschweinbraten á la Gerd. Das lasse ich mir noch gefallen, aber nicht Wildsau á la Gerd. Das kann doch nicht wahr sein."

Die Karte wurde natürlich schnellstens geändert und Gerd war keine Wildsau mehr.

...Der Hilfsbereite

Sie kennen ja sicher die Geschichte von dem hilfsbereiten jungen Mann, der Pfadfinder ist und die Oma Ober die Straße bringt auf die andere Seite, und hinterher stellt sich heraus, daß die Oma gar nicht wollte weil sie auf ihren Opa gewartet hat. Er hatte ja als Pfadfinder für diesen Tag eine gute Tat getan und ein Pfadfinder muß ja praktisch immer bereit sein.

Wir hatten einen in unserer Abteilung, nennen wir ihn Gerhard, und dieser Gerhard war ein sehr hilfsbereiter Mensch.

Eines Tages fuhr er mit der S-Bahn von Frankfurt nach Rüsselsheim. Unterwegs hielt der Zug an, ob es in Katsterbach oder Raunheim war, weiß ich nicht, auf jeden Fall stand auf der Plattform der S-Bahn eine junge Frau mit einem Kinderwagen und einem Kleinkind drin. Es sah so aus, als wollte die Frau aussteigen. Daraufhin griff unser Freund Gerhard zu und zog an dem Kinderwagen und wollte ihn aus dem Zug transportieren. Die Frau hielt aber an der anderen Seite fest, und zog, und zog dagegen. Gerhard zog immer fester bis die Frau anfing zu schreien:

«Ich will doch gar nicht aus dem Zug! Ich will doch gar nicht aus dem Zug!"

Da ließ er dann los, entschuldigte sich dreimal und sagte, er wäre nie bei den Pfadfindern gewesen, aber er hätte gehört, daß man jeden Tag eine gute Tat vollbringen soll. Er hatte allerdings einen sehr roten Kopf dabei bekommen.

...Der König der Jaja's

Ich möchte hier folgendes klarstellen. Jaja's sind kein Pygmäenstamm oder ein Indianerstamm aus Südamerika, sondern es ist eine Erfindung unserer Planungsingenieure. Aber diese Erfindung hat einen ernstgemeinten Hintergrund, und hat mich damals eigentlich etwas traurig gestimmt. Aber den sie den König der Jaja's nannten, war eigentlich selbst schuld.

Er war Gruppenführer bei uns in der Fertigungsplanung. Ein Supermann,· ein Superfachmann, aber er hatte einen grundlegenden Fehler. Er sagte prinzipiell zu allem Ja.

Wenn er morgens an der Türe hereinkam, sagte er statt guten Morgen. "Jaja".

Wenn er mit einem Vertreter verhandelte sagte er in einer Tour: "Jaja".

Wenn man ihn anrief: "Hallo, wie gehts!" sagte er: Jaja".

Erst regten sich die Jungs darüber auf, dann akzeptierten sie es und zum Schluß nannten sie ihn "König der Jaja's".

Man wird es kaum glauben, er ist den Namen bis zu seiner Pensionierung nie mehr los geworden. Ich frage mich, ob er heute immer noch, obwohl er bereits achtzig Jahre alt ist, Jaja sagt oder ob er sich das endlich abgewöhnt hat.

...Die Plombe

Mein Freund Gerhard, also der Junge mit der 'Wildsau á la Gerhard", war an und für sich immer sehr progressiv. Also mitanderen Worten, er ließ sich nichts gefallen, wenn es darauf ankam.

Eines Tages hatte er sich morgens in seiner Hausbäckerei einige Brötchen gekauft, um sein Frühstück zu sich nehmen zu können. Nun, er aß ein Brötchen, er aß ein zweites Brötchen und später beim zweiten Frühstück nahm er noch ein Brötchen zu sich, dann fing er an zu schimpfen.

Irgendetwas stimmte nicht.

„Was hast du denn Freund Gerhard ?"

"Kannst du dir vorstellen, daß in dem Brötchen irgendwelche feste Gegenstände drin sind ? Das kann doch nicht wahr sein. Das muß eine Schrotkugel oder irgend so etwas sein".

Als alter Jägersmann dachte er natürlich sofort an eine Gewehrkugel.

So wie er war und wie er heute noch ist, hatte er nichts eiligeres zu tun, als zu dem Bäcker zu fahren um sich zu beschweren. Die Bäckersfrau entschuldigte sich dreimal, gab dann unserem Freund ein Brötchen mehr mit als Ersatz für das eine. Nur als unser Freund Gerhard wieder ins Büro kam, mußte er feststellen, daß ihm eine Plombe herausgefallen war.

Ich habe ihn dann später gefragt:

"Gerhard, du bist doch so ein offener und ehrlicher Mensch, was hast du dann getan ?"

Antwort: "Du wirst es kaum glauben, ich bin am nächsten Tag hingefahren und habe mich dann bei der Bäckersfrau entschuldigt. Sie hat herzhaft gelacht".

Alle Achtung vor diesen Leuten, die zu allem stehen, was sie so anstellen.

...Der Werksausweis

In der Aufbauphase um 1960 herum des Werkes Bochum waren wir alle sehr stark engagiert, sehr stark eingespannt. Allerdings muß ich sagen, die Belastung ist eigentlich heute noch stärker, oder wir waren dies nicht so sehr gewohnt. Hatten noch keine klaren Strategien, sodaß wir doch ziemlich im Streß standen.

Ein Abteilungsleiter, ein Bekannter von mir machte zu diesem Zeitpunkt ellenlange Überstunden und eines Abends kam er nach Hause, öffnete die Haustüre, trat ein. Seine Frau stand im Flur und als er an ihr vorbeiging griff er in seine Jackentasche und zeigte ihr den Opel-Werksausweis.

Die Frau war derart sprachlos, sie wußte erst nicht was sie sagen sollte und dann gings los:

"Jetzt ist Schluß".

Und es war Schluß.

"Nächste Woche fahren wir in Urlaub".

Er konnte machen wa·s er wollte, er mußte mit seiner Frau in Urlaub fahren. Im Grunde genommen hat die Frau Recht gehabt. Nämlich, nur arbeiten und nur arbeiten und nicht einmal ausspannen, und wenn man dann so weit ist, daß man der eigenen Frau den Werksausweis zeigt, ist es höchste Zeit einmal Schluß zu machen.

Eine ähnliche Story habe ich von einem direkten Mitarbeiter erlebt. Als er morgens zum Portal reinging, stand um die Ecke immer eine Zeitungsfrau, und der zeigte er dann auch den Werksausweis.

Und er sagte dann später zu mir:

"Weißt du, als ich das gemacht habe und merkte was ich getan hatte, dann wußte ich jetzt ist höchste Zeit, daß du mal ausspannst".

Zwei Wochen später ging er für drei Wochen in Urlaub, um sich endlich zu erholen.

Man kann froh sein, daß es Werksausweise gibt, denn man käme sonst nie dahinter, daß man urlaubsreif ist.

...Der Verweis

Für was man als Lehrling, heute sind es ja Azubi's einen Verweis bekommen kann, ist das beste Beispiel mein Freund Günther, der die graphischen Darstellungen in diesem Buch ausgeführt hat.

Als er noch Lehrjunge war, bekam er eines Tages Ärger mit dem Aufsichtspersonal des Fahrradständers. Sie werden es kaum glauben warum. Es war normalerweise verboten im Fahrradständer, also innerhalb des Geländes wo die Fahrräder abgestellt wurden, zu fahren. Und als Lehrjunge macht man ja gewisse Dinge die verboten sind am liebsten.

Günther interpretierte fahren etwas anders, er stellte sich auf eine Pedale und "rollerte" innerhalb des Fahrradständers auf Fahrrad, und wurde natürlich prompt von der Aufsichtsperson gestoppt. Er mußte seine Personalien angeben. Er wurde gemeldet, zur Personalabteilung bestellt und bekam dann einen Verweis in seine Papiere.

Als er dann über fünfundzwanzig Jahre bei der Firma war und die Sache dann so gelockert wurde, daß man seine Papiere einsehen durfte, dies ist ja jetzt mittlerweile gesetzlich geregelt, ging mein Freund Günther eines Tages zur Personalabteilung um seine Akten einzusehen. Er konnte sich vor Lachen kaum fassen.

Der Verweis **"gefahren in Fahrradständer ohne Erlaubnis"** stand noch immer in seinen Papieren.

Ob dies heute immer noch etwas Negatives ist ?

Der Überzwerg

Hessisch ist eine schwierige Sprache, wirklich! Und für unsere Bochumer Freunde manchmal unverständlich.

Größere Besprechung über ein Projekt in Bochum. Es wird immer schwieriger und komplizierter im Verlaufe der Sitzung. Und dann platzt einem der Hessen der Kragen:

"Mein Gott, seid doch nett so Iwwerzwerch!"

Die vier Hessen reagierten überhaupt nicht, doch unsere Westfälischen Freunde wurden unruhig. Was hat der gesagt ?

Einer faßte sich ein Herz:

'Wat ist dat, ein Überzwerg ?
Ist dat ein großer Zwerg ?"

Leute! Leute! Nur die Hessen haben gelacht.

Wer nicht wissen sollte, was ein "Iwwerzwerch" ist:

Dies ist ein Ausdruck für einen Menschen, der sich sehr kompliziert und schwierig verhält.

Ist doch klar! Oder?

...La Paloma

Anruf einer Sekretärin eines sehr hohen Chefs:

"Auf dem Parkplatz von Herrn Direktor "M" liegt eine tote Taube, lassen sie dieselbe entfernen!"

Also wir erledigten viel, wir erledigen alle möglichen und unmöglichen Dinge. Aber dies war zuviel.

Antwort des Autors:

"Meine Dame! Wenn die tote Taube sie oder ihren Chef stört, dann rufen sie doch bitte die Betriebsreinigung an !"

Wenn die nette, arrogante Dame das berühmte Zauberwort, nämlich "Bitte", benutzt hätte, dann hätte ich vielleicht die Reinigung selbst angerufen.

Man ist ja hilfsbereit.

NACHDENKLICHES

Daß diese Geschichte, die sich ereignete als ich in Wien Anfang der achtziger Jahre arbeitete, nicht zum Lachen und nicht zum schmunzeln, eher zum Weinen ist, hat auch der Autor erkannt.

Doch ich wollte dem geneigten Leser etwas Nachdenkliches mitgeben, zumal unsere hohen Herren, gerade in dieser Hinsicht einen gewissen Lernbedarf haben.

Auch Bäume sind unser wertvolles Naturgut, genauso wie ein Vogelschutzgebiet oder ein ökologisches Gebiet mit vielen seltenen Pflanzen und Tieren.

Ich will hier nicht den Zeigefinger heben, dies liegt mir fern. Vielleicht wird der eine oder andere etwas nachdenklich, dann haben wir nach dem Lachen und Schmunzeln schon etwas erreicht.

Lindenbäume

Es war einmal ein Land, ein wunderschönes Land, mit alten Häusern und uralten Bäumen. Diese Bäume, Linden-Bäume waren unendlich schön. Sie dufteten im Frühling während der Blüte, man wurde berauscht von dem Blütenäther. Im Sommer spendeten sie Schatten, die Kinder spielten unter ihnen und in ihnen, die Erwachsenen saßen unter ihnen, tranken Wein und waren glücklich.

Der Urgroßvater oder vielleicht der Ururgroßvater hatte diese Linden gepflanzt in der Hoffnung, daß von ihm diese Erinnerung bliebe.

Selbst Franz Schubert hatte schon unter diesen Bäumen gesessen und sein berühmtes Lied "Vor meinem Vaterhaus..." komponiert.

Andere glückliche Menschen hatten dort gesessen und sich gesagt, wie sehr sie sich lieben. Und wieder andere unglückliche Menschen hatten auch dort gesessen und einem verlorenen Freund beweint und sich betrunken.

Alles hatten diese Lindenbäume stumm mit angesehen, nur mit den Blättern gerauscht und hin und wieder mit den Ästen bei Sturm gestöhnt.

Lindenbäume größer als das alte Haus. Einer war dabei, dessen Stamm konnten nur drei erwachsene Männer mit ausgestreckten Armen umfassen.

Doch eines Tages kamen Männer, starke Männer, mit einer Motorsäge, mit Äxten. Unfaßbar, unglaublich was über hundert Jahre alt war, majestätisch schön, fiel an einem Tag. Ächzend, stöhnend gingen sie zu Boden und konnten sich nicht wehren. Nur die Sonne konnte nicht zusehen, der Himmel verdunkelte sich und regnete Eis und Schnee. Es regnete Eis und Schnee wie an dem Tag als wir meinen besten Freund zu Grabe trugen. Undenkliche Trauer lag Ober dem Land. Hier sang kein Vogel, hier spielten keine Kinder, selbst den Erwachsenen wurde es Angst und Bang. Neun Bäume, uralte Lindenbäume, lagen am Boden, sinnlos geopfert für einen Neubau, der zukunftsweisend sein sollte.

Unendliche Trauer erfaßte manchen, der diese Lindenbäume geliebt hatte, der unter ihnen glücklich gewesen war.

Selbst die Kinder waren von Trauer erfaßt, ein besonders kecker, kleiner Bär, alle Kinder sind für mich Bären, liebe Bären, stellte mich unter Tränen zur Rede:

"Du hast gesagt, hier in diesem Land darf man keine großen Bäume fällen, weil der Liebe Gott es nicht will! Du hast mir erzählt, daß es eine Baumordnung gibt, keiner Bäume umhauen und da liegen sie. Nie mehr ein Baumhaus bauen, nie mehr an den Ästen schaukeln. Warum? Warum? Oh, ihr Erwachsenen seid häßlich, ihr seid dumm!"

Und die Tränen liefen ihm die Wangen herab. Noch nie hatte ich ein Kind so weinen gesehen und dies wegen einiger alter Bäume.

Vielleicht waren sie seine Freunde, was wissen wir Erwachsene schon Ober unsere Kinder, Ober ihre Träume, ihre Ängste und ihre Freunde.

Was sollte ich dem weinenden Kind erklären. Über die Welt der Erwachsenen, über ihr Verhalten und ihr Tun. Daß man für Geld auch Bäume fällen konnte und auch die Genehmigung bekam, ob der Liebe Gott es wollte oder nicht.

Hilfloser habe ich mich schon lange nicht mehr gefühlt, man müßte als Erwachsener weinen können um alte Bäume wie ein Kind. Es würde zumindest erleichtern.

In der Nacht bin ich aufgewacht, ich glaubte ein Stöhnen zu hören, und glaubte, daß es nur ein Traum war. Doch im Mondschein lagen sie wie tote Elefanten in der Steppe. Sinnlos gefällt für die Wünsche der Erwachsenen und ein kleiner Junge, der mit Tränen zu Bett gegangen war, schlief fest, er hatte einen Trost, den Trost, alles vergessen zu können, so wie Kinder schnell vergessen.

OPEL